D1729380

Veza Canetti
Die Gelbe Straße

RICHARZ GESCHENKBIBLIOTHEK
Bücher in großer Schrift

Veza Canetti

Die Gelbe Straße

Roman

Mit einem Vorwort von
Elias Canetti
und einem Nachwort von
Helmut Göbel

Richarz Geschenkbibliothek
Verlag CW Niemeyer

Die Deutsche Bibliothek - CIP-Einheitsaufnahme

Canetti, Veza:
Die Gelbe Straße : Roman / Veza Canetti. Mit einem Vorw.
von Elias Canetti und einem Nachw. von Helmut Göbel. -
Hameln : Niemeyer, 1993
(Richarz Geschenkbibliothek, Bücher in großer Schrift)
ISBN 3-87585-771-2

Lizenzausgabe mit freundlicher Genehmigung
des Carl Hanser Verlages, München Wien
© 1991 Elias Canetti Zürich
© 1992 Carl Hanser Verlag München Wien

Die Rechte dieser Großdruckausgabe liegen beim
Verlag CW Niemeyer, Hameln, 1993
Umschlaggestaltung: Christiane Rauert, München
Foto: Archiv für Kunst und Geschichte, Berlin
Gesamtherstellung: Ueberreuter Buchproduktion, Korneuburg
Printed in Austria
ISBN 3-87585-771-2

Elias Canetti
Veza

Die Bücher, die ich bis zum Jahre 1980 schrieb, mit einer einzigen Ausnahme, sind Veza gewidmet. Zu ihren Lebzeiten, als es noch wenige waren, hätte sie das nicht geduldet. Sie starb 1963, und ich holte nach, was sie verhindert hätte. Alles Frühere, das wieder erschien, alles Neue, auch Übersetzungen in fremde Sprachen, tragen vorne ihren Namen. Ich wollte damit das überwältigende Maß an Dankbarkeit ausdrücken, das ich ihr schulde.

Mit zwanzig, als ich sie kennenlernte, war ich in einem häuslichen Kampf begriffen, der mich an den Rand des Wahnsinns brachte. Ohne sich selbst zur parteiischen Kämpferin in diesem Zwist zu degradieren, hat sie mich durch ihr bloßes Dasein daraus errettet. Um der hitzig abgründigen Gespräche willen, die wir führten, nahm sie die schlechten Gedichte ernst, die ich ihr während einiger Jahre brachte. Sie wußte es besser und nahm sie doch ernst, so sicher war sie, daß anderes nachkommen würde. Als es dann kam, erschrak sie, denn es drohte uns zu zerstören: sie, mich selbst, unsere Liebe, unsere Hoffnung. Um sich nicht aufzugeben, begann sie selber zu schreiben, und um die Geste des großen Vorhabens, die ich brauchte, nicht zu gefährden, behandelte sie ihr Eigenes, als wäre es nichts.

Veza hatte Bewunderung für abseitige Naturen. In den Geschichten, die sie während der nächsten Jahre schrieb, kamen solche Menschen oft vor. Meist waren es Opfer, solche, denen von anderen Unrecht geschah, Hilflose, Verstümmelte, wenig Geschickte, am liebsten aber schrieb sie von Frauen, die im Dienst an anderen oder in einer schlechten Ehe zugrundegingen. Solche Opfer verherrlichte sie, indem sie ihre Schönheit glaubhaft machte, und obwohl kein einziges dieser Geschöpfe ihr selbst nachgebildet war, obwohl keines von ihnen ihr auch im Geringsten nur glich, war es doch, als hätte sie sie immer um einen gleichen Kern, den ihrer eigenen Unantastbarkeit, geformt.

Zwei Hauptgesinnungen waren es, die Veza im Widerstreit gegen ihre Schwermut am Leben erhielten: die eine war ein Glaube an Dichter, so, als wären es eigentlich diese, die die Welt immer neu erschafften, als müßte die Welt verdorren, sobald es keine Dichter mehr gäbe. Die andere war die unerschöpfliche Bewunderung für alles, was eine Frau vorstellen kann, wenn sie es verdient, eine zu sein. Schönheit und Reiz gehörten nicht weniger dazu als Stolz und eine andere Art von Klugheit als die übliche, von Männern vertretene, die die in der

Welt herrschende geworden war. Ihre Überzeugungen waren nicht weit von solchen entfernt, wie man sie heute vielfach und militant unter Frauen findet, aber sie hatte sie damals. Sie hatte sie auch nicht in der aufsässigen Form, die zu Absonderungen und aggressiven Formationen führen, denn sie gab nichts von ihrer Bewunderung für Schönheit, Verführung und Hingabe auf. Eine Dienerin, die es aus Liebe für die war, denen sie diente, stellte sie so hoch, daß sie für ihre Schriften als Pseudonym Veza Magd wählte. Es stand für Hingabe in jeder Form; für den Geliebten, für Schutzbefohlene, aber auch für solche, die durch ihre Geburt oder durch die Niedertracht anderer benachteiligt waren. Es war hinreißend, sie zu sehen, wie sie vom einen ins andere wechselte, wie ihre biblische Lobpreisung in nicht weniger biblischen Zorn umschlug.

Ihre Parteilichkeit für Frauen hatte nichts von den räuberischen Zügen männlicher Herrschsucht. Sie schlug sich nicht etwa von einer Seite auf die andere, das Unrecht, das sie anderen vorhielt, nahm sie nicht, wie es unter Zeloten üblich ist, für sich und irgendwelche eigenen Zwecke in Anspruch. Alles was sie tat, war, im Gegenteil, daß sie höhere Ansprüche an Frauen stellte, weil sie so hoch von ihren Möglichkeiten dachte.

Es ist unnatürlich, daß heute über Vezas Schreiben nichts bekannt ist. Sie hat gleich gut begonnen, sie schrieb mit Witz und Schärfe. Ihre Erzählungen, obschon sie von Mitgefühl für benachteiligte Menschen diktiert schienen, waren zu knapp und zu scharf, um sentimental zu wirken. Sie hatte Heines Witz und war von seiner Prosa beeinflußt. Sie mochte kurze, pointierte Sätze, ihr Stil war aphoristisch, selbst in ihren Erzählungen war unverkennbar, was sie am liebsten las. Sie, die Leidenschaft und Überschwang für viele hatte, trachtete danach, im Schreiben möglichst wenig davon merken zu lassen. Nur wenn es um spanische Gegenstände ging, für die sie eine Art von konstitutioneller Schwäche hatte, ließ sie sich ungescheut gehen und trug Gefühlsfarben auf, die sie sich sonst nie erlaubt hätte.

Die Ferdinandstraße der Wiener Leopoldstadt, wo sie wohnte, war die Straße der Lederhändler. Da war ein Grossist an dem anderen, sie standen in der Tür an ihren Lagern, als wären sie mit nichts beschäftigt. Die Art, wie das ganze Leben der Straße sich um sie drehte, hatte nicht im Aussehen, wohl aber im Wesen etwas Orientalisches. Veza erfuhr alles, was in der Straße vorging, durch die Leute, die um Hilfe zu ihr kamen. Sie wies niemanden ab, das war bekannt. Wenn sie sich eines Menschen einmal angenommen hatte, ließ sie nie mehr locker und war dann von den Leuten so erfüllt, daß sie über sie schreiben mußte. Es ging ihr um wirkliche Dinge, wie sie sagte, um Leute, die sie kannte. Ihre Sache sei es nicht, zu erfinden, das überlasse sie mir. Sie wolle ihren Leuten helfen und darum schreibe sie Geschichten über sie. Es geschah aber etwas sehr Merkwürdiges: alle ihre Figuren wirken, als wären sie erfunden. Zu jeder einzelnen von ihnen fällt mir, wenn ich in der »Gelben Straße« lese, das Vorbild ein, aber ich hätte jede von ihnen vergessen, wenn sie sie nicht auf ihre spitze, springende Weise erfunden hätte.

Die Erzählungen, die heute die »Gelbe Straße« ausmachen, erschienen ursprünglich in Fortsetzungen in der Wiener »Arbeiter-Zeitung«. Diese Zeitung war nicht nur von Bedeutung als das Organ der Partei, die Wien regierte und auf neuartige und ideenreiche Weise verwaltete. Sie galt damals auch als die bestgeschriebene Zeitung Wiens. Vezas Erzählungen fanden großen Anklang. Während das Bild der Straße mit jeder von ihnen reicher und lebendiger wurde, überkam sie die Lust, sie zum »Roman einer Straße« zusammenzufügen. Das ist ihr mit geringfügigen Änderungen gelungen. Doch durch die Februar-Ereignisse des Jahres 1934 wurde das Erscheinen des Buches unmöglich.

Heute, zu meiner Freude, sehe ich, daß es Kenner gibt, die diesem Buch Gerechtigkeit widerfahren lassen. Wer jene Zeit vor sechzig Jahren in Wien erlebt hat, findet sich wieder in ihr wie in keinem anderen Buche. Daß schwere Dinge sich so leicht und schwebend sagen lassen, daß sie dadurch dringlicher werden, ist eine Überraschung. Ich möchte es die »seitliche« Methode nennen, die das Wichtige in scheinbarer Eile streift, ohne es ganz auszusprechen. Sie streift es aber so geschickt, daß man's ohne es zu merken, mitnimmt. Ich glaube, die »Gelbe Straße« ist nicht nur ein Zeugnis. Sie besteht auch für sich zu Recht. Sie handelt – verborgen – von der Unantastbarkeit des Menschen auch in seiner größten Gefährdung.

Die Gelbe Straße

Der Unhold

I.

Eines Tages, als die Runkel im Kinderwagen über die Straße geführt wurde, überkam sie eine solche Verzweiflung über ihr elendes Leben, daß sie nichts anderes wünschte, als ein schwerer Lastwagen, ein Viehwagen, eine Tausend-Kilo-Walze oder eine vierfache Straßenbahn möge über ihren fürchterlichen Körper fahren und ihn zermalmen. Sie gab daher dem Dienstmädchen Rosa, das sie seit Jahren betreute, pflegte, vom Wagen in die Wohnung trug, von der Wohnung in den Wagen, ganz sinnlose Zeichen, fahrige, nervöse Zeichen, wie sie die Straße überqueren sollte, sie verwirrte sie durch zornige Zwischenrufe derart, daß sie wirklich in ein herbeirasendes Motorrad hineinfuhr. Nur zermalmte dieses Motorrad nicht die Runkel, sondern das Dienstmädchen Rosa, denn die treue Seele schob buchstäblich im letzten Augenblick ihres Lebens den Wagen mit dem Krüppel rasch vor, schützte ihn mit ihrem Leib und holte sich den Tod. Die Runkel aber lag auf dem Boden und hatte beide Arme gebrochen, zum zwölften Mal in ihrem Leben hatte sie einen Gliederbruch, gewöhnlich waren es die Beine, die ganz kurz und leblos herunterhingen, wie bei einem Hampelmann.

Die Runkel lag auf der Erde und konnte sich nicht rühren und nur das eine Auge sah starr mit

an, was geschah. Es geschah, daß Passanten herbei-
liefen und Wachleute und Geschäftsdiener und alle
bemühten sich um das Dienstmädchen Rosa, das
bald in einen Sanitätswagen befördert wurde.

»Hat sich ausgezahlt«, hörte die Runkel, als sie
auf eine Tragbahre gelegt wurde, doch dann fiel sie
in Ohnmacht und erwachte erst, als ihre beiden
Arme in einem Gipsverband lagen. Sie sah ihre
Freundin, die Weiß, sie sah ihre Mutter weinen und
erfuhr, daß die Rosa tot war. Und dann richtete sie
ihr schreckliches Gesicht auf die Weiß und sagte:
»Hat sich ausgezahlt.«

»Sprich nicht so!« schrie die Weiß sie tapfer an,
»jeder Mensch hat seinen Kummer, du stehst nicht
allein da!«

Und bei sich dachte sie, »stehst« ist nicht das
richtige Wort, sie kann ja nicht stehen, sie kann nur
sitzen und das einzige, das sie gebraucht, sind die
Arme, und die sind ihr jetzt gebrochen, wer weiß,
ob es noch zu heilen geht bei ihren mürben Kno-
chen, bei ihr heilt alles viel schwerer, und jetzt ist
sie schon sechsunddreißig, und das Gesicht! Das
Gesicht! Es ist wirklich ein großes Opfer, daß ich
das immer mitansehe.

»In drei Wochen bist du geheilt!« schrie sie dabei,
»mach keine Faxen, in drei Wochen sitzt du wieder
in deinem Geschäft, zwei Geschäfte hast du, beide
gehen, wer macht dir das nach, alle zwei hat dir dein

16

Vater hinterlassen, weil du ein Teufel bist, sitzt in deinem Seifengeschäft und bewachst deine Trafik, wer macht dir das nach! Aber das sag ich dir, jeden Abend läßt du dich ins Kino fahren, da wird nicht gespart, du Dreckfresserin! Du sparst zu viel! Was weinst denn, Frieda!«

»Ich weiß, was du denkst«, sagte die Runkel, ihr Gesicht war entschlossen zu sterben.

Der Arzt trat ans Bett, er hatte den letzten Satz der Weiß gehört und wunderte sich, daß dieses Wesen da im Bett Frieda hieß, und daß man es weinen nannte, wenn von zwei leeren Scheiben Tropfen über ein Dreieck liefen. Dann gewöhnte er sich daran, daß dies doch ein Mensch war, er hatte sogar die Arme in Schienen gelegt und bandagiert und sah jetzt zu, daß alles heilte, und wenn man sprach, antwortete sie ja wirklich, diese Miß-geburt, nur war die Stimme ebenso unangenehm wie das Gesicht.

»Ja, das wird bald repariert sein«, sagte er auf einen Blick der Weiß hin, »in einigen Wochen sind Sie gesund.« Und mehr brachte er nicht heraus, er fand es schon viel, daß er gesagt hatte: »sind Sie gesund.« Er hob die Decke und ließ sie gleich fallen und ging mit einem Gruß zur Mutter der Runkel, denn die war normal gewachsen und machte einen nicht nervös mit ihrer Übertriebenheit.

Nach ihm kam die Tante herein, sie kam herein,

setzte sich ans Bett und fing zu jammern an, »du armes Geschöpf, nicht genug wie du ausschaust und gehn kannst du auch nicht, jetzt muß noch das Unglück geschehn, wer weiß, wann das heilt, und die Rosa, die arme Rosa, was wirst du ohne die Rosa machen! Nur sie hat dich hinauftragen können, wer wird das noch können!«

Was schwatzt diese dumme Gans! Was hat sie mich zu bedauern! Häng *ich* vielleicht von *ihr* ab! Wer hängt von mir ab?! Die Mutter, denn die Geschäfte sind auf meinem Namen, die Alte, die Cousine, die Großmutter, die Rosa ist tot, aber die Anna, der Alois, die Lina, ja, alle hängen von mir ab!

»Geh sofort und laß das Geschäft nicht allein!« befahl die Runkel plötzlich, und die Mutter, eine hochgewachsene Frau mit milden Zügen, stand gehorsam auf und ging.

»Gib ihr zwanzig Schilling«, sagte die Runkel und zeigte verächtlich mit der Braue auf die alte Tante.

In zwei Monaten war sie geheilt.

II.

*Pilatus Vlk ist in Iglau geboren, ledig und wohnt
in der Gelben Straße No. 31. Er geht jeden Morgen
Punkt dreiviertel sieben aus dem Haus und tritt in
die Trafik ein. Hier kauft er die Presse. Dann
begibt er sich ins Kaffee Planet und nimmt sein
Frühstück. Er liest alle Zeitungen bis Mittag und
geht ins vegetarische Restaurant. Nach Tisch geht
er heim und um vier begibt er sich ins Panoptikum
im Volksprater. Hier bleibt er bis sieben Uhr
abends und nimmt im Kaffee Planet sein Nachtmahl ein. Um neun ist er wieder zu Hause. In der
ganzen Woche gab es nur eine einzige Abwei-
chung, indem Herr Vlk am Freitag, statt in den
Volksprater ins Kino in der Gelben Straße ging.
Herr Vlk ist Hausbesitzer und bekommt seine Zinsen aus Iglau zugeschickt. Er lebt weit unter seinem
Vermögensstand. Zutritt in seine Wohnung hat nur
eine alte Bedienerin, die ihn als sehr pedantisch
schildert. Im Haus ist er mit niemand bekannt und
grüßt niemand.*

Herr Vlk las diesen Bericht eines Auskunftsbüros
über sich selbst und verbreitete dabei seine
schwarzen Nasenlöcher. Dann stieg er ins Bad und
wusch sorgfältig jede Stelle seines Körpers. Nach
dem Bad zog er die saubere Wäsche und den Anzug

an und begann die Finger unter den Nägeln zu reinigen. Immer fand sich noch ein winziges Stäubchen. Dann zog er lichte Handschuhe über und verließ die Wohnung.

Die Trafik war noch nicht offen. Erst vier Minuten später konnte er eintreten und meldete der Trafikantin, daß vier Minuten über sieben verstrichen waren. Das Fräulein blickte erstaunt seine aufgestellten Haare an, schütter und regelmäßig verteilt wie die Grasköpfe in den Blumenhandlungen, sie blickte auf sein Schnurrbärtchen, schütter und regelmäßig wie Gras und dann auf seine merkwürdig gespreizten Fingernägel, sie standen von den Fingern weitab wie Schlünde. Das Fräulein staunte täglich über diese Merkwürdigkeiten des Herrn Vlk, weil sie ein langsamer Mensch war. Herr Vlk sprach gereizt und ging dann, ohne eine Antwort abzuwarten, auf die andere Seite der Straße.

Hier zappelte er auf und ab vor einem Seifengeschäft, das der Trafik genau gegenüber lag. Er blickte dabei in irgendeine Schachtel in sich. Das Seifengeschäft war schon längst offen und noch immer bemerkte er es nicht. Einmal blickte er doch auf und trat mit der Uhr in der Hand ein.

»Es ist diesmal vier Minuten nach sieben gewesen, ich ersuche Sie, diesem Unfug zu steuern.«

Jede andere Inhaberin der Trafik hätte auf diese

Beschwerde nicht einmal hingehört, denn die Angestellte Lina, drüben, hatte seit ihrem Eintritt neunzehn Zeitungsabonnenten zugewonnen. Doch hier lag der Fall anders.

»Ja«, sagte die Runkel, »ja, unbedingt«, und sie dehnte die Antwort hinaus, denn sie genoß diesen Augenblick, diesen Augenblick, in welchem ein vollwertiger Mensch zu ihr sprach, als wäre sie ein vollwertiger Mensch, eine Autorität, »ich werde diesem Unfug steuern.«

Aber Herr Vlk hörte es nicht mehr. Er war schon draußen. Er hatte heute eine Stunde Verspätung. Er stelzte ins Kaffee Planet und bestellte Kakao und Butter. Er schnaufte Luft durch die Nase, um zu prüfen, ob sie nicht dunstig war: Er wusch den Löffel aus und trocknete ihn mit dem Sacktuch. Er blies einen Brosamen von seinem Daumen. Dann aß er mit steifen Fingern. Die Nägel daran waren abweisend gespreizt, der schüttere Schnurrbart war gespreizt. Indessen suchte schon der Ober alle Zeitungen zusammen und legte sie vor Herrn Vlk hin.

Um elf war er mit dem Lesen fertig. Er zahlte, gab kein Trinkgeld und begab sich zu Fuß ins vegetarische Restaurant. Er aß reichlich und verlangte Erdbeeren. Er wusch jede einzelne sorgfältig und betrachtete befriedigt den Schmutz im Glas. Er tunkte sie in Zucker.

Zu Hause zog er sich aus und machte ein Schläfchen. Dann trank er den Kakao, der von der Bedienerin vorbereitet war, und ging in den Volksprater. Er ging schnurstracks auf eine Bude zu. Da stand ein Gorilla hinter Glas, ein nacktes Weib im Arm. Das nackte Weib übersah er, den Gorilla verachtete er, als wäre er lebend.

Er tritt ins Panoptikum ein.

An der anatomischen Abteilung geht er vorüber, dann zieht er einen Führer aus der Tasche, er steht vor dem historischen Kabinett. Napoleon in der Verbannung. Napoleon sitzt mit dem Dreispitz in der Verbannung, über einen Tisch geneigt. Herrn Vlks Nasenlöcher wachsen in unendlicher Befriedigung. Er steht vor Ludwig dem XV. Ludwig der XV. liegt auf dem Totenbett, von der unheimlichen Krankheit zersetzt, mit blauen Geschwüren, auf Wachs gemalt. Herr Vlk zieht die Wangen hoch, die zwei schwarzen Löcher werden immer breiter. Lady Hamilton kniet vor dem toten Nelson. Maria Stuart steht unter dem Schafott. Herr Vlk genießt es lange.

Dann sieht er auf die Uhr und erschrickt. Es ist hohe Zeit. In einer Viertelstunde ist er im Kaffee Planet. Die Abendblätter, Tunkeier, dünne Schnitten Brot mit Butter. Um neun ist er zu Hause. Im Hausflur läßt er den Hausbesorger rufen. Er zeigt ihm streng eine große Masche in der Matte. Ohne

eine Antwort abzuwarten, geht er in seine Wohnung.

Auf dem Schreibtisch lag noch die Auskunft des
Detektivbüros, die er selbst über sich verlangt hatte. Sie war an das Hauptpostamt adressiert. Er las
sie noch einmal durch und lächelte höhnisch. Dann
versteckte er sie in ein Bündel von Auskünften
verschiedener Büros über ihn.

Den nächsten Tag ließ sich Herr Vlk von der
Bedienerin das Frühstück bereiten. Sie erzählte es
später im ganzen Haus. Um neun Uhr kam ein
Geistlicher und ließ sich melden. Er wurde vorgelassen.

»Ich habe Sie bestellt«, sagte Herr Vlk ohne auf-
zusehen, »weil ich über einige Stellen in der heili-
gen Schrift im unklaren bin.« Der Geistliche verneigte sich.

»Im zweiten Buch Moses steht geschrieben: Du
sollst dir kein Bildnis noch irgend ein Gleichnis
machen, weder des, das oben im Himmel, noch des,
das unten auf Erden, oder des, das im Wasser unter
der Erde ist. – Wieso im Wasser *unter* der Erde?«
fragte Herr Vlk.

»Nun, es bedeutet«, sagte Ehrwürden, »daß der
Mensch nicht mit frevelhaften Auslegungen der
Genesis sündige. Der Mensch forsche nicht nach,
was die gewaltigen Meere bergen, denn es wird ein
furchtbares Ende sein.«

»Hier ist nicht die Rede vom Meer«, sagte Herr Vlk, »das Meer ist *auf* der Erde. Hier steht aber, im Wasser *unter* der Erde. Was bedeutet das?«

Der Geistliche sah ihn an:

»Dieses Gebot bezieht sich auf die Juden und hat mit unserer christlichen Lehre nichts zu tun.«

»Unser Herr Jesus Christus ist aber im jüdischen Land Bethlehem geboren«, sagte Herr Vlk und bekreuzigte sich. Dann blätterte er in der Bibel.

»In der Bergpredigt steht: Wer eines von diesen kleinsten Geboten auflöset und lehret die Leute also, der wird der Kleinste heißen im Himmelreich. Wer es aber tut und lehret, der wird groß heißen im Himmelreich. – »Und wer es *tut* und *nicht* lehret?« fragte Herr Vlk.

»Sie grübeln zu viel, mein Freund.«

Herr Vlk spitzte die Lippen. Unruhig fingerte er an dem Buch herum. Das Blut stieg ihm zu Kopf. Er schickte einen gehässigen Blick auf den Geistlichen und schob ihm das Geld hin: »Es wird mir genügen.«

Der Geistliche nahm das Geld und sprach ihm zu. Herr Vlk bemerkte seine Anwesenheit nicht mehr. Er blies sich die Nase aus und sah das Resultat an. Er klappte die Bibel zu und rannte so rasch, als wäre eine Kobraschlange hinter ihm her, ins Badezimmer. Dann zog er lichte Handschuhe über und ging. Im Vorraum sprach der Geistliche mit der Bedienerin, Herr Vlk beachtete ihn nicht. Er lief aus dem Haus und trat in die Trafik ein.

In der Trafik standen zwei Männer und einer saß auf einem Sessel vor der Theke.

Sie standen und saßen da, weil Lina schön gewölbte Lippen hatte, warme braune Augen und weiche ovale Wangen. Sie hatte den Körper einer jungen Mutter, sie trug grobe Hemden, aber blendend weiß, und sie war das, was sich jeder gesunde Mann wünscht.

Als Herr Vlk eintrat, stemmte sie die großen Hände auf die Theke.

»Die Zeitung hab ich schon verkauft.«

»Sie haben die Zeitung verkauft!«

»Es hat sie doch niemand abgeholt«, Lina war sehr sanft und weiblich, nur, – Herr Vlk sah sie nicht an.

»Wie können Sie die Zeitung verkaufen, die mir gehört!« rief Herr Vlk mit roten Wallungen.

»Sie regen sich da etwas zu sehr auf«, sagte zu ihm ein junger Mensch namens Graf herausfordernd. Er wohnte im selben Haus wie er, die Küchen lagen vis-a-vis. Nur, – Herr Vlk hatte noch nie hinübergesehen.

Aber jetzt blickte er tückisch auf den jungen Menschen.

»*Sie* werden mir Vorschriften machen«, sagte er gereizt. Dann kehrte er sich rasch um und ging.

»Jetzt geht er sich wieder beschweren.« Die Trafikantin machte ein besorgtes Gesicht.

»Sie lassen sich zu viel gefallen, Fräulein Lina«, sagte Graf, bezahlte die Zeitung und stampfte hinaus, wie ein Mensch, der jetzt alles von Grund auf ändern kann und will.

Der graue Herr, der auf dem Sessel saß, sagte kalt: »Die Zeitung hätte für ihn reserviert werden müssen«.

Das Fräulein holte zur Antwort aus, aber neue Kunden traten ein. Ladenmädchen, Dienstmädchen, Kleinbürgerinnen.

Lina klebte die Marken auf die Briefe und übersah diskret die Adressen, suchte der Spiegel Mizzi die lichten Trabukos aus für den Herrn Spiegel, wog der Kohlenfrau die Zeitung ab und schnitt ihr eine Schleife.

»Sie geben einem noch eine goldene Uhr drauf, Fräulein«, sagte zufrieden das dicke Kohlenweib. Und dann eilte sie aber hinaus, um den Graf einzuholen. Doch der war schon verschwunden.

Der junge Mensch namens Graf stand indessen vor einem Obstladen. Für sein Metier hatte er heute gar keinen Schick, er war zu aufgeregt. Er schielte auf eine große Garbe Bananen und schnitt sie vom Strick, als wäre es ein Bananenbaum. Da sah er einen Wachmann auf sich zukommen und tat etwas sehr Unkluges. Er fing zu laufen an.

Er lief, die Garbe in der Hand, durch die Gelbe Straße. Auch der Wachmann lief, aber er lief mit Würde. Graf hatte einen Vorsprung und rannte in ein Haus hinein. Dann erschrak er selbst darüber. Im ersten Stock läutete er bei Knut Tell an.

»Ich könnt einen Augenblick hier verschnaufen.«

»Wie bitte? Ja. Ach ja. Übrigens kenn ich Sie nicht. Aber das macht nichts. Natürlich nicht! Bitte!«

»Ich werde nämlich verfolgt.«

»Verfolgt? So. Verfolgt.«

Knut Tell stieß eine Tür auf und schob ihn hinein. Da läutete es schon. Dem jungen Menschen wurde schwarz vor Angst.

Knut Tell öffnete gleich.

»In Ihre Wohnung muß ein Dieb gelaufen sein«, sagte der Polizist.

»Wissen Sie denn nicht, daß dieses Haus ein Durchhaus ist?«

Knut Tell machte das ehrlichste Gesicht der Welt. Alle Nachbarinnen standen bei den Türen. Alle blickten entzückt auf ihn.

»So! Das ist ein freiwillig gestatteter Durchgang«, sagte der Wachmann, griff an die Kappe und schritt in gemessener Eile die Stufen hinunter.

Knut Tells lichter Schopf verschwand. Und die Nachbarinnen verschwanden.

Der Dieb war jetzt blutrot im Gesicht.

»Das ist herrlich!« rief Knut Tell, »das ist ein Glücksfall!« (Sein Lachen war reizend.) »Sie werden mir jetzt Ihre Geschichte erzählen. Ich bin nämlich Dichter. (Das stand schon an der Gangtüre: Knut Tell, Dichter.)

»Sie sind ein ganz richtiger Kerl, Sie sind an die richtige Adresse gekommen, Sie haben was erlebt, Sie müssen erzählen, bitte, nehmen Sie doch Platz.«

Jetzt sah sich der Dieb im Zimmer um und fühlte sich noch unbehaglicher. Die Wände waren bis zur Decke mit Büchern verstellt, so daß sie jeden Augenblick herunterfallen konnten. Und der Dieb war sonst nicht nervös.

»Bitte, setzen Sie sich doch«, sagte Knut Tell, aber Tisch, Divan, Sessel, jede Fläche war mit Büchern überhäuft. Knut Tell vergaß das in der Aufregung.

»Bitte, seit wann sind Sie bei dem Beruf? Sie werden sich doch vor mir nicht schämen! Wenn Sie wüßten, wie viele Bücher ich schon geklaut hab! Sie sind ein richtiger Mensch, Sie erleben etwas, setzen Sie sich bitte, ach! ja, jetzt können Sie sich setzen, warum geben Sie sich mit Kleinigkeiten ab, warum unternehmen Sie nicht etwas Großes, Kronjuwelen? Da können Sie dann reisen!«

Der Dieb setzte sich furchtsam. Aber da war kein Vorhang, kein Bett, kein Kasten, in dem ein Kriminalbeamter versteckt sein konnte. Und in die kleine

Truhe, die Knut Tells ganze Habe barg, ging nicht einmal ein Kind hinein.

»Ja, Sie können reisen. Sie können nach Bali fahren. Ich borge Ihnen ein Buch über Bali. Und Sie können sich eine Bibliothek kaufen, eine viel größere, zehnmal mehr Bücher.«

»Ich hätte lieber eine Kaninchenfarm.«

»Ach«, sagte Knut Tell enttäuscht, »wozu brauchen Sie denn diese vielen Kaninchen? Wissen Sie, wenn Sie Kronjuwelen klauen, dürfen Sie nicht die ganz großen nehmen, die erkennt man, wenn Sie sie verkaufen. Haben Sie Komplizen?« fragte er naiv.

Der Dieb sah ein, daß hier nichts zu fürchten war. Er wurde ganz legère.

»Das ist doch Diebstahl«, sagte er und machte ein Spießergesicht.

»Ja, ja, natürlich.«

Wie schade. Hier ist ein richtiger Kerl und er will es nicht zugeben. Und ich hätte mich so gefreut.

»Wissen Sie, junger Herr, ich hab mir da nur so mehr einen Scherz erlaubt, das war so mehr ein Scherz, ich schenk sie Ihnen (die Garbe), ich bind sie Ihnen aufs Fenster.« Graf sah, daß man dem jungen Herrn alles aufbinden konnte. »Bitt schön, verratens' mich nicht, ich komm sonst um den Posten. Abends bin ich nämlich Hotelportier. Ich dreh die Tür.«

Knut Tell war ganz einsilbig geworden. In seinem Kopf drängte sich eine dumpfe, schwere Masse zusammen, wie bei der Erschaffung der Welt.

III.

Grafs erster Gang am Morgen war in die Trafik. Als er eintrat, sah er nach, ob der Graue dort saß. Der Graue war nicht da, aber eine Gnädige und die rote Gusti. Lina, die Trafikantin, war bemüht, der Gusti eine Stelle zu verschaffen.

»Sie würden mir ganz gut gefallen«, sagte die Gnädige, »eine Gusti hab ich noch nicht gehabt, aber das rote Haar paßt mir nicht, rote Haare, Gott bewahre.« Hierauf wurde die Gusti rot und das Haar noch röter.

»Sie kann sich ja das Haar mit Nußöl färben«, sagte die Trafikantin entgegenkommend. Aber die Antwort konnte sie nicht abwarten, denn ein Kunde trat ein und drängte nach sechs Ägyptischen dritter Sorte. Nach ihm kam Herr Koppstein, Lederhändler. Er verlangte garnichts, sondern bekam schon zwanzig Khedive hingereicht. Er schielte auf den Stuhl, ob der Graue dort saß, ließ sich dann schwer hineinplumpsen und zündete eine Khedive an.

Graf sah, daß es jetzt zu der ersehnten Aussprache nicht kommen konnte, und drückte sich hinaus. Herein kam ein Mann mit einem zufriedenen Gesicht.

»Haben Sie den Staubsauger bekommen, Herr Alois?« frage die Lina.

»Ja, freilich! Das ist ein Wirbel am Fundamt! Da haben sie eine Diebsbande ausgehoben, die vom ganzen Bezirk die Überröcke gestohlen hat. Jetzt hängt das ganze Fundamt voll von Überröcken und es ist kein Platz mehr dort. Wer was findet, muß es wieder mitnehmen. Nur Geld oder Gold nehmen sie. Was dort Geld liegt! Keiner holt sichs!«

»Ja, warum holen sich denn die Leute nicht das Geld?« fragte die Lina.

»Sie fürchten die Scherereien«, antwortete statt seiner die dicke Kohlenfrau, »wie soll man denn beweisen, daß einem das Geld wirklich gehört, es steht doch nicht drauf!«

»Sie werden doch nicht Halsweh haben, Frau Zenmann«, die Lina zeigte auf die Apothekerflasche mit Wasserstoff.

»Schweißflecken! Dreißig Jahr bin ich bei dem Geschäft und auf einmal krieg ich Schweißflecken. Grad beim Ausschnitt, so peinlich!«

Und sie hob die kohlengeschwärzten Armschinken und riß die Bluse von ihrem dicken Busen weg. Der Alois hätte hineinfallen können, aber er wollte nicht.

»Aber das sieht man doch gar nicht«, tröstete Lina, »nein, wirklich nicht.«

Das Geschäft war zum Platzen voll. Immer neue Kunden kamen. Die Gnädige verhandelte noch immer mit der roten Gusti und zog sie dann auf die Straße hinaus.

Frau Hatvany trat ein.

»Hàt! Freilein, wie machen Sie, daß Sie sind so scheen, die Virginier ist mir zu krumm, der Ödön hat sie gern gestreckt. Adieu, Goldene!«

Die Kohlenfrau versuchte ein Gespräch mit dem Alois, aber da trat die Frau Weiß ein, die nicht von ihr Kohle bezog.

So ging sie der Frau Hatvany nach, das Geschäft leerte sich. Nur der dicke Lederhändler saß noch immer da und lauerte und Frau Weiß stand da und lauerte auch.

Frau Weiß kam zweimal täglich mit Besitzermiene in die Trafik, aber sie war leutselig. Die Lina klebte ihr die Marke auf und hielt den Brief dabei von sich abgekehrt, damit niemand glauben konnte, daß sie die Adresse las.

»Für Teplitz kommen doch vierzig Groschen«, sagte Frau Weiß.

Sie machte gern Stichproben.

»Nein, dreißig«, sagte die Lina und zog auch schon die Marke heraus.

Die Weiß nickte und ging.

Der dicke Lederhändler im Sessel war auf dem Sprung. Eine Minute später hatte er eine Ohrfeige sitzen und rannte wütend hinaus. Graf kam, er hatte an der Ecke gewartet und sorgfältig nachgezählt, ob alle draußen waren. Die Lina sah nicht auf, als er eintrat.

»Was haben Sie denn gegen mich, Fräulein Lina?«

Tränen liefen ihr über die Wangen, Tränen, aber sonst blieb das Gesicht so friedlich und ruhig wie immer.

»Was die Leute sich erlauben möchten! Stürzt sich auf mich und gibt mir einen Kuß!« Und sie zeigte auf ihre weiche Wange, als wäre dort eine Krätze, ein Schandfleck, nicht mit Weihwasser reinzuwaschen.

Graf war entrüstet. Er machte ein Gesicht wie ein Mensch, der einer solchen Handlung nicht nur nicht fähig wäre, sondern der auch seinen Lohn dafür bekommen wird. Ein solches Geständnis verriet Chancen. Seine Absichten waren die ehrbarsten.

»Eine Ohrfeige hab ich ihm gegeben!«

Graf sah wütend zur Tür hin.

»Diebsgesindel!«

»Ich muß mit den Kunden höflich sein und wenn sich einer hersetzt, kann ich auch nichts machen, aber was glauben denn die . . .«

Graf nickte begeistert.

»Wer ist denn der Graue, der immer dasitzt, Fräulein Lina, hat denn der keinen anständigen Anzug?«

In diesem Augenblick trat der Graue ein. Er nickte und nahm unfreundlich Platz. Er kaufte garnichts. Lina machte sich zu schaffen. Graf wurde schüchtern und legte das Geld für die Zeitung hin. Dann zündete er sich die Zigarette am Feuerstein an.

Herr Vlk erschien bei der Tür. Er trug eine schwarze Binde um die Wange, er hatte Zahnschmerzen und war besonders gereizt. Er warf seine langen Beine, als wären sie aus den Gelenken gebrochen.

»Die Zeitung ist reserviert«, sagte Lina sanft.

»Ich brauche sie nicht«, sagte Herr Vlk. »Ich bin sagen gekommen, daß ich sie heute nicht brauche. Ich habe den Tag um zwei Stunden verschieben müssen.«

Lina warf dem Mann in Grau einen Blick zu. Der saß unbeweglich.

»Jetzt braucht er's auf einmal nicht«, sagte Graf wütend und stieß beim Hinausgehen mit dem Schuh den Schuh von Herrn Vlk an.

»Was stoßen Sie! Sie haben mich nicht zu stoßen! Ich verbiete Ihnen, mich zu stoßen!«

Graf drehte ihm deutlich den unteren Teil seines Rückens zu.

Herrn Vlk hatte das noch gefehlt. Er war miserabel beisammen. Er schlenkerte ins Seifengeschäft hinüber.

»Ich gehe eigens hinein, um ihr zu sagen, daß ich die Zeitung heute nicht brauche, und werde dort frech behandelt!«

Er sieht mich nicht an, er sieht niemanden an. Er schätzt die Leute nach ihrem Wert und nicht nach dem Schein. Er achtet Autorität, Bildung, Stand. Die Runkel sprach sonst, als wären ihre Stimmbänder aus Leder. Aber jetzt waren sie Seide.

»Eben hat ein Herr angerufen und sich beschwert. Ich dachte, das waren Sie. Das ist heute schon die zweite Beschwerde.«

»Wenn das noch einmal vorkommt, betrete ich nicht mehr das Geschäft«, schnatterte Herr Vlk und schnellte hinaus.

IV.

In der Trafik war großes Aufsehen. Lina stand grau vor Angst vor der Theke und verteilte Zeitungen. Ihr Kinn zuckte, vor ihr lag ein Brief.

»Das werden wir uns nicht gefallen lassen.«

»Sie macht es immer so vor dem Urlaub.«

»Was steht denn drin?« fragte Schwester Leopoldine. Sie war im Krieg Krankenschwester gewesen und hielt darauf, daß man zu ihr Schwester sagte. Sie trug noch immer die Rotekreuz-Brosche.

»Nichts steht drin. Nur daß ich entlassen bin. In sechs Wochen kann ich gehen.«

Graf rannte hin und her. Es wurmte ihn mächtig.

Ein blonder Mensch trat ein mit großen Schritten. Den Kopf trug er so hoch, als pflegte er über die Dächer der Häuser zu schaun. Er verlangte eine Marke. Er rauchte nicht und las keine Zeitung. Aber dennoch kannte ihn die Lina. Er war so fein.

»Danke schön«, sagte er mit seiner angenehmen Stimme.

»Haben Sie schon gehört, Herr Tell?«

Graf zeigte mit dem Kopf hinter die Theke. Sie kam ihm sehr gelegen, diese Bekanntschaft vor der Lina.

»Was denn?« fragte Knut Tell höflich.

»Gekündigt ist sie worden. Unschuldig gekündigt. Ganz ohne Grund. Weil der Lederschuft sie verklagt hat. Er wollte sie verführen. Sie müssen ja einschreiten, Herr Tell.«

»Aber das ist doch unerhört!« Knut Tell war ganz leidenschaftlich. »Das kann man doch nicht zulassen! Wo wohnt denn Ihre Chefin? Ich werde sie besuchen und ihr die Sache erklären!«

»Chefin!« lachte Graf auf.

»Die bucklige Ziege!«

»Der Krüppel!«

»Drüben im Seifengeschäft ist sie«, sagte Lina, »bitte nicht hinschaun, sie glaubt dann immer, ich lach sie aus. Ich werd sie doch nicht auslachen, sie kann doch nichts dafür.«

Knut Tell sah drüben etwas hocken. Ein Stück alten Felsen. Es verbohrte sich auf sein Dasein, es war nicht wegzurücken. Knut Tell sah auf das junge Mädchen. Und dann wieder auf den Stein. Rechts, links. Rechts, links. Ein Märchen. Ein böses Märchen.

»Sollte man es ihr nicht erklären?« Er war plötzlich verträumt.

»Sie weiß ja nicht, daß es Verleumdung ist, er hat schon dreimal telephoniert, er sagt ihr nicht seinen Namen, er beschwert sich nur immer über mich.«

»Aber das ist ein Unrecht!«

Die Krankenschwester blickte ihn verzückt an, die Kohlenfrau lüstern, die Gnädige so, daß er ihr Oval von der vorteilhaftesten Seite sehen konnte,

dort wo der Nasenflügel schmäler war. Frau Hatvany musterte seinen Anzug.

»Es muß was geschehn!«

»Hàt, freilich.«

»Wenn ich ihr sagen könnte, daß die Kunden das
Abonnement lösen werden«, schlug die Lina vor
und errötete.

»Kann man machen!« Die Kohlenfrau schaute
auf Knut Tell, als müßte er der Preis dafür sein.

»Wir lösen alle das Abonnement!« rief die Krankenschwester.

»Im Haus haben schon fünf Parteien die Zeitungen aufgekündigt, weil ich gehn muß.«

Knut Tell bedauerte schrecklich, daß er keine
Zeitung abonnierte.

»Und wir machen eine Liste! Wir sammeln eine
Liste! Einige hundert Namen müssen her! Jeder
muß protestieren!«

Er war ganz erhitzt.

»Vielleicht nützt es etwas, wenn viele unter-
schreiben.«

Die Lina errötete noch mehr.

»Die Liste wird gemacht, ich selbst trage sie von
Haus zu Haus!«

»Ein reizender Mensch«, flüsterte die Gnädige,
so daß er es hören konnte.

»Soll nicht vielleicht ich die Liste herumtragen?«
fragte die Krankenschwester opferwillig.

»Nein, das geht nicht! Das geht auf keinen Fall, das mache ich selbst, das mache ich gleich morgen!«

Mit großen Schritten stapfte er hinaus und freute sich. Er freute sich, weil er so ein famoser Kerl war.

Aber drei Tage vergingen und Knut Tell ließ sich nicht blicken.

Da nahm sich die Krankenschwester frühzeitig ihren Sommerurlaub (sie war jetzt Büglerin) und ging mit der Liste in der Hand von Haus zu Haus, von Stock zu Stock, von Mieter zu Mieter.

Auch bei Knut Tell läutete sie an. Schüchtern.

Er war begeistert. »Aber natürlich unterschreibe ich, es ist wirklich reizend ...« und dann schwieg er, denn er schämte sich. Dafür unterschrieb er sich dick mit Tinte.

V.

Sie stellt sich eigens auf, damit sie zeigen kann, wie
groß sie ist. Ich hab ihr doch verboten, sich mit den
Kunden zu unterhalten! Wenn sie noch einmal
herschaut! »Anna! Sie schütten daneben!« Sie sieht
schon jetzt wie eine Frau aus. In zehn Jahren ist sie
alt. Zehn Jahre sind nichts. Zwanzig Jahre sind
nichts. Dreißig Jahre sind nichts. »Anna, Sie schütten schon wieder daneben!« Sie wirft sich herum.
Das macht sie zufleiß. Wir werden doch sehen, wer
mehr ist. Sie läßt das Geschäft allein! Sie läßt das
Geschäft allein! Milch! Da läßt sie die Kunden
warten und trinkt Milch! Darum hat sie das dicke
weiße Fleisch. Sie trinkt sich gesund und ich ärgere
mich krank.

»Anna, gehn Sie sofort hinüber und sagen Sie ihr,
sie soll unbedingt . . .«

»Ah, da bist du, mitten im Bedienen geht sie
Milch holen, was sagst du dazu! Lies das.«

». . . und wir haben kein Interesse, weiter Ihre
Kunden zu bleiben, falls Sie die Angestellte Lina
Seidler entlassen. Achtzig Unterschriften.« Die
Weiß ist etwas verdutzt.

»Und wenn der ganze Bezirk unterschreibt, muß
sie weg. Sie muß unbedingt weg, *Frieda*.«

Die Weiß hieß auch Frieda. Und daß sie auch
Frieda hieß, mit den gesunden, geraden Formen,

vergaß ihr die Runkel nicht, das vergaß sie ihr nicht.

»Weißt du, Frieda, wenn sie dich um Verzeihung bittet, kannst du sie halten. Aus Menschlichkeit. Wieso darf ihr Vater die Zigarren verkaufen, die sie immer nach Hause nimmt?«

»Die Frechheit von der Person! Jetzt stellt sie sich zur Tür und spricht bei der Tür, damit ich seh, daß sie mich nicht fürchtet. Sie schaut her und macht Bemerkungen!«

»Sie soll sich nur unterstehen!« Die Frieda Weiß stellte ihren großen Körper schützend vor die Runkel.

»Was einem im August alles zusammenkommt! Zins, Krankenkasse, Feuerversicherung, hast du vielleicht ein paar Musterseifen?«

»Anna«, befahl die Runkel mit Verachtung im Gesicht, »suchen Sie Musterseifen zusammen.«

Diese Verachtung galt nicht der Frieda Weiß. Die Runkel hatte diese Verachtung im Gesicht, seit sie denken konnte, seit ihrem ersten Gedanken. Denn seither hatte sie unbedingt auf alles verzichten müssen.

»Anna! Tragen Sie unbedingt beide Kannen auf einmal! Was glauben Sie denn!«

Sie muß folgen. Sie muß. Ich hetz sie hin und her. – Das Fleisch ist ihr abgefallen, aber ihre Füße brechen nicht . . .

VI

Die Verbündeten waren in der Trafik versammelt. In der Mitte stand Knut Tell. Die Gnädige stieg sofort hinunter, als sie ihn von ihrem Fenster aus in die Trafik treten sah. Neu hinzugekommen war eine magere Bedienerin.

»Das Beste ist«, sagte Knut Tell, »wir sprechen persönlich mit ihr. Wir gehen jetzt gleich zu ihr hinüber und sprechen mit ihr.«

»Gehen wir«, sagte die Krankenschwester und schickte sich an zu gehen.

»Gehen wir!« Alle riefen es begeistert. Die Gnädige, die Hatvany, die rote Gusti, die Kohlenfrau und Graf.

»Nein! Nicht alle zusammen! Das wird keine Wirkung haben! Für eine Verschwörung sind wir zu wenige. Wir treten einzeln ein, in Abständen. Das sieht dann nicht wie eine Verabredung aus!«

Und er lief, den erhitzten Kopf in der Luft. Das Haar wehte, die Gnädige sah es. Er lief so hastig, daß er bei der Schwelle des Seifenladens strauchelte und beinahe gefallen wäre. Und dann blieb er stecken, denn im Laden war es sehr dunkel. Erst nach einer Weile erschienen weiße Flecken, aufgestapelte Schächtelchen, Puder, Seife, Essenzen, Salben, die Schächtelchen bildeten zwei große Pyramiden, und zwischen den Pyramiden hockte unbeweglich, von der Theke bis zu den Ärmchen bedeckt, die Runkel.

»Guten Tag«, sagte Knut Tell, noch atemlos.

»Guten Tag«, sagte die Lederstimme.

Die Runkel hob die Lider. Immer noch war es wie bei einer Wachsfigur, die künstlich bewegt wird. Doch dann drehte sie den Kopf.

Sie lebt, dachte Knut Tell. Sie ist etwas Lebendiges.

»Ich, ich möchte Seife kaufen.«

»Soll es etwas Besseres sein?«

Die Runkel schob ihre kleinen Arme beiseite, daß sie fast aus dem Kindersessel fiel. Die Finger waren noch ganz steif, von den Armbrüchen.

Da sah Knut Tell, daß die Theke nichts verbarg. Ein Stückchen Rumpf endete im Kindersessel.

Eifrig legte sie die Seifen vor sich hin.

»Speikseife, Memseife, Mandelseife, Glycerinseife, Lilienmilchseife.«

Knut Tell zeigte nach der milchweißen Seife und suchte das Geld in seiner schütteren Börse zusammen.

»Ich wollte auch fragen, warum entlassen Sie denn Ihre Angestellte von der Trafik, warum denn, es sind doch alle so zufrieden mit ihr?«

»Das ist eine beschlossene Sache.«

Ihr Gesicht trocknete ein. Da merkte sie, daß der junge Mann errötet war.

»Es ist alles gut überlegt worden, es ist überlegt worden. Es sind Gründe da.« Der Rumpf unter dem Kopf atmete rasch.

Sie hat eine Brust. Sie hat wirklich eine Brust. Sie atmet.

»Es ist eine nette Angestellte, sie ist mit allen gleich nett, jeder ist zufrieden mit ihr. Sie verliert ihr Brot, sie braucht den Posten.«

»Nicht jeder ist zufrieden. Das ganze Jahr über sind Beschwerden eingelaufen. Man hat es ihr einmal gesagt, man hat es ihr zweimal gesagt . . .«

»Aber was hat sie denn getan?«

Die Runkel sah ihn erschrocken an. Zugleich schluckte sie tief, verschluckte tief hinunter, etwas, das sonst nicht in einem menschlichen Körper ist. Nicht in menschlichen Körpern.

Und dann sah sie hinüber. Knut Tell drehte den Kopf. Drüben, genau drüben, glänzten die weichen Formen der Verkäuferin. Der Laden hatte sich geleert. Und dennoch standen drei Männer drin, nein, zwei, einer saß. Die zwei stellten sich von einem Bein aufs andere. Sie hatten drin nichts zu suchen, aber sie gingen nicht weg. Und Linas Körper strahlte warme Mütterlichkeit aus.

»Es ist eine Privatangelegenheit«, sagte die Runkel.

Knut Tell starrte sie an. Beschützen wir das blühende Leben, das Glück, die Macht, vor dem verdorrten Leben hier! Treten wir noch weiter herum auf diesem Entsetzen vor uns, mein Herr, wir sind ja so groß! Es krümmt sich vor uns! Treten wir darauf! Zertreten wir es!

»Ja. – Ja. Das ist etwas anderes. Das ist freilich etwas anderes. Verzeihen Sie. Das wußte ich nicht. Entschuldigen Sie, bitte.«

Die steingraue Haut zitterte.

Knut Tell legte Geld hin und vergaß die Seife. Mit großen Schritten lief er davon und vergaß auch, daß er Herr über alle Dächer war.

»Die Seife, junger Mann, die Seife! Gott, die Seife! Zum ersten Mal kauft er und vergißt die Seife! Die Seife!«

Die Runkel riß sich aus ihrem Kindersessel, daß sie fast über den Ladentisch fiel. Aber mehr konnte sie nicht tun.

Der Alois mußte nachlaufen, mit der Seife.

»Entsetzen! . . . treten wir drauf, treten wir auf das Entsetzen. Es kann sich nicht wehren, es ist erschrocken, darum treten wir darauf.«

Das hörte der Alois sprechen. Daß so ein junger Mensch schon verrückt ist, denkt er und steckt die Seife ein. Die Klappe legt er vorsichtig über die Tasche.

Wie der Alois wieder ins Geschäft tritt, ist drin das Fräulein Leopoldine. Sie arbeitet jetzt in einer Waschanstalt. Sie hat immer ein rotes Kreuz auf der

Brust, das muß eine Medaille sein. Verlegen schielt sie zu ihm hin, aber man merkt gleich, daß sie nicht für sich bittet. Sie ist schon weit über dreißig und steht doch da wie eine Volksschülerin vor der Frau Oberlehrerin.

»Man muß Geduld haben«, sagte sie. (Die Runkel ist zuletzt auch ein Mensch und gut. Jeder Mensch ist gut.)

»Warum muß man Geduld haben, man muß nicht Geduld haben. Keine Spur! Die Einmischungen sind auch ganz überflüssig. Die Sache ist beschlossen.«

Die Krankenschwester geht hinaus, bedauernd und doch gehoben, weil etwas Neues los ist.

Die Hatvany löst sie ab.

»Guten Tag«, sagt sie laut und bringt es zuwege, diese drei Silben zu singen. Umständlich sieht sie sich im Laden um. Sie sieht den Alois an, der Schmierseife in ein Faß füllt, das Laufmädchen, das Petroleum umgießt, und dann sieht sie zur Mutter der Runkel hinüber. Die Mutter der Runkel steht immer lange und untätig im Laden. In ihrer ganzen Länge steht sie an einen Pfosten gelehnt, gut und stumm, sie steht da, um zu beweisen, daß zu der Runkel eine so lange Mutter gehört. Es ist fast dasselbe, fast ist die Runkel so lang, wenn sie diese Mutter hat.

Die Hatvany hat alles indiskret beobachtet.

»Eine Zahnbürste brauch ich. Hàt, ich höre, Sie geben Ihre Bediente weg, das Freilein von der Trafik?«

»Das ist eine beschlossene Sache.«

Die Runkel läßt sich vom Alois Zahnbürsten reichen und blickt nicht auf. Sie reiht Zahnbürsten an, gelber Griff, roter Griff, harte Borsten, weiche Borsten, sehr gute Bürsten, auch die Marke Koh-i-noor. Die Runkel ist sehr verdrossen.

»Sie werden gut wissen, warum Sie sie weggeben«, sagt die Hatvany.

Die Mutter der Runkel nickt, aber sie pflegt nicht zu sprechen. Sie wartet devot, was die Tochter sagen wird, sie will sich in ihrer ganzen Länge unterordnen.

»Das ganze Jahr laufen Beschwerden ein«, sagt jetzt die Runkel.

»Läßt sich denken. Das Geschäft ist immer voll Leite, die nichts kaufen, mein Ödön ärgert sich jedes Mal. Bei uns in Budapest darf sich das keine Bediente erlauben.«

»Bei *mir* wird sie es sich auch nicht erlauben.«

Die Runkel spricht auf einmal von sich. Sie reckt auf einmal den Hals. Sie lauert auf einmal, daß neue Kunden kommen. *Diese* neuen Kunden.

Zur Tür herein kommt die Bedienerin vom Sanatorium. Früher hat sie die Kirche aufgewaschen, denn sie ist fromm. Aber es trug so wenig, daß sie

48

vor Hunger zusammenfiel. Jetzt wäscht sie die Fliesen im Sanatorium und kann sich die Ehrfurcht beim Waschen nicht abgewöhnen.

»Ich bin hergeschickt worden wegen der Fräuln.«

Aber das hätte sie nicht sagen sollen.

»*Wer* hat Sie hergeschickt«, tönt es streng. Die Hatvany macht sich davon.

Die Bedienerin kann nicht heraus. So, das hätt sie nicht sagen sollen. Aber lügen! Das gute Gewissen beflecken!

»Drüben haben sie's halt besprochen.«

»*Wer* hat es besprochen?«

»Halt alle, die was drin warn und der junge Herr. Er ist eh zuerst hereingegangen.«

»Was hat er denn gesprochen?«

»Wir solln halt reden kommen, wegen der Fräuln.«

»Da gibts nichts zu reden, das ist eine beschlossene Sache.«

»Na, halt, kann man nichts machen.«

Die Bedienerin wendet sich zum Gehen. Dabei schaut sie sich die Fliesen an. Aber es sind gar keine Fliesen. Es ist schmutziges, altes Holz. Das könnte man höchstens abhobeln. Aber sie nicht. Sie wäscht nur Fliesen.

Die rote Gusti sieht sehr schlecht, wie sie von der Sonne in das dunkle Geschäft kommt. – So was hat ein Recht zu leben und kann uns noch befehlen. So was hat ein Recht, einem geraden Menschen etwas vorzuschreiben. Postenlos macht sie die Lina. Ich bin nur neugierig, ob die Gnädige redet, versprochen hat sie's.

Die Gnädige steht vor der Theke. Sie ist vornehm. Sie hört sich gern leise sprechen. Auch das ist vornehm.

»Ich bin von der Trafikantin ersucht worden, bei Ihnen fürzusprechen«, sagte die Gnädige und freut sich über das »fürsprechen«.

(Das ist nicht wahr, denkt die rote Gusti, die Lina hat ihr doch gar nichts gesagt, vergafft hat sie sich in den Blonden, jetzt redt sie ihm nach und redt sich auf die Lina aus. Die Lina hat nichts gesagt.)

»Sie soll selbst bitten kommen«, sagte die Runkel. »Wenn Sie Ihrem Mädchen kündigen, werden Sie auch erwarten, daß sie selbst bittet«, sagte die Runkel.

Das kann man nicht bestreiten. Erst recht nicht, wenn das eigene Mädchen daneben steht. Man muß da schweigen. Wie sie mit dem Verkäufer schäkert! Diese Dienstmädchen tun, was sie wollen. Sie sind frei. Wo hat eine Dame so viel Freiheit.

»Ja, das kann sie wirklich tun. Das wird ihr nicht schaden.«

Die Gnädige sucht sich Kölnischwasser aus und verschiebt heimlich die Numerierung. Dann zeigt sie auf die Flasche.

»Vierfünfzig«, sagte die Runkel, sie hat alle Preise im Kopf.

»Aber da steht doch Dreiachtzig!«

»Alois! Numerierung!«

Der Alois geht und richtet es. Es sieht komisch aus, wie der große Mensch von dem Gewächs herumkommandiert wird. Die Gusti denkt es, die Gnädige und die Kohlenfrau. Sie steht auch schon drin.

»Ich hab bereits fürgesprochen«, sagte die Gnädige zur Kohlenfrau. »Es ist alles geordnet. Sie soll um Verzeihung bitten.«

»Na, ja«, sagt die Kohlenfrau und ißt den Alois auf, »soll sie halt bitten, das tut nicht weh.«

»Einen Dreck wird sie! Für was denn! Wozu denn! Weil Sie sie ins Unglück bringen! Eine feine Chefin sind Sie! Eine Ausbeuterin! Eine Blutsaugerin! Alle kriechen sie vor ihr! Feine Leute! Feine Fürsprecher!«

Die Runkel könnte den Graf hinauswerfen lassen. Aber sie ist so glücklich.

Denn sie lebt zum ersten Mal. Zum ersten Mal treten sie ein, ohne zu erschrecken, zu verachten, zu bedauern. Sie kommen bitten und fordern, sie sehen sie voll an, die Runkel.

Die Leute aus der Gelben Straße kommen und aus sieben Nebenstraßen. Täglich wird der Zustrom größer. Täglich erhält die Runkel Berge von

Briefen – Schmähbriefe, Drohbriefe, Dankbriefe. Die Pyramiden zu beiden Seiten müssen zweimal die Woche erneuert werden. Zuletzt genügt auch das nicht und Alois baut eine ganze Nische aus.

Und die Lina sitzt zu Haus und weint.

»Wozu soll ich um Verzeihung bitten! Wozu! Dafür, daß sie gegen mich ist! Sie ist gegen mich und ich soll bitten! Wenn du das sagen kannst, dann nimm dein Wort zurück und geh.«

Aber er geht nicht. (Er braucht sie manchmal.) Er sitzt mißvergnügt und quält sie. Sie gefällt ihm nicht mehr, seit er nicht auf dem Sessel sitzen kann und zusehen, wie die anderen nach ihr hungern. Sie gefällt ihm nicht mehr, seit sie nicht in Würden hinter der Theke steht und einreiht, einordnet, rechnet. Aber er läßt sie nicht stehn. Die Lina findet leicht einen andern. Das könnte ihn dann ärgern.

Die Trafik steht jetzt leer. Das Gesicht der Neuen erinnert merkwürdig an die Runkel, es ist drei-eckig, mit platten Scheiben statt der Augen. Die Trafik steht leer.

Aber das Seifengeschäft macht es wett. Die Run-kel verkauft, das Seifengeschäft geht glänzend.

Knut Tell kauft dort seine Seife. Auch Graf kommt jeden Augenblick. Er kauft einen Mist um einige Groschen und steckt heimlich ein Schächtel-chen ein. Handcreme, Seife, Mundwasser, Essenz, – er schaut garnicht nach, er schickt es der Lina.

Einmal war eine Rasierseife drin, aber das weiß er nicht.

Herr Vlk rennt jeden Morgen fünf Minuten vor sieben zur Trafik. Sie ist immer offen. Nie steht ein Mensch drin. »Ich bin jetzt zufrieden«, sagt er sogar einmal. Die Neue fühlt sich ein wenig aufgemuntert, sie ahnt nicht, daß Herr Vlk den Wechsel nicht bemerkt hat. Auf dem Heimweg schnellt er am Seifengeschäft vorbei. Die Runkel sitzt nicht mehr im Dunkeln. Sie ist jetzt weiß und geformt. Nur – Herr Vlk sieht es nicht.

Ja, so geht es zu. Ein Narr gibt den Ausschlag und ein Krüppel macht sich breit. Und die Lina sitzt zu Hause und weint.

Der Oger

I.

Gleich nach der Hochzeit fuhr die junge Frau mit ihrem Gatten in die große, fremde Stadt, dort hatte Herr Iger sein Geschäft eingerichtet. Als sie im Coupé saßen, kam von einem übervollen Abteil ein dicker Herr herein und erwies sich als alter Bekannter. Das Konfekt und die erfrischenden Früchte, der hausgebackene Marzipan, Torten und Bäckereien, alles verschwand im Schlund und in den Taschen des dicken Herrn.

»Das ist ein Glücksfall, lieber Freund, daß du in mein Coupé gekommen bist, eine gute Vorbedeutung, eine Fügung (nicht wahr, Maja), du wirst uns besuchen, du steigst bei uns ab, mein Lieber, nein, kein Hotel, wenn man gute Freunde hat, steck das ein, bring das deiner Frau, nimm dies für die Kinder, nein, so ein Glücksfall!«

Leider mußte der gute Freund seinen Besuch verschieben, denn er hatte in einer anderen Stadt zu tun. Unter herzlichen Umarmungen stieg er aus, die Taschen dick angefüllt.

»Der Teufel soll ihn holen!« sagte jetzt Herr Iger und zog sein Lederkissen zurecht. Bald atmete er tief und aufdringlich. Die junge Frau ihm gegenüber sah ihn erschrocken an. Sie saß ganz starr.

Knapp vor der Ankunft erwachte Herr Iger von selbst. Er hopste auf und machte flink die Koffer zurecht. Als der Zug hielt, lief er rasch hinaus. Die junge Frau folgte ihm. Aus jedem Abteil sah man ihr nach.

Der große Koffer und das Handgepäck wurde auf einen Zweispänner geladen. Ehe Herr Iger einstieg, erkundigte er sich nach dem Preis. Und dann wurde sofort das ganze Gepäck heruntergeladen und ein Einspänner herbeigerufen. Nach langen Verhandlungen erklärte der Kutscher sich bereit, auch den großen Koffer anzuschnallen.

Die junge Frau am Rande des hohen Sitzes fürchtete, jeden Augenblick hinunter zu fallen. Es war Nacht. Der Kutscher fuhr durch alle Winkelgassen, um den Weg zu kürzen. Die Stadt sah hier düster aus. In einer entlegenen Straße machte er halt.

Die junge Frau betrat die Wohnung. Ein dunkler Vorraum hatte keine Beleuchtung, doch rasch entflammte Herr Iger das Licht im Zimmer. Es war ein braunes Schlafzimmer aus mattem Holz. Herr Iger und der Hauswart schleppten den Koffer und die Handtaschen herein. Die junge Frau sah sich nach einer Tür um. Da war keine Türe mehr.

»Wo sind die andern Zimmer?« fragte sie ihren Mann.

»Ich bin kein Krösus. Ich bin ein kleiner Kaufmann.«

Die junge Frau trat zum Fenster. Es war finster draußen. Sie weinte leise.

Herr Iger hatte alle Koffer und Taschen beisammen. Er holte sich ein Glas Wasser, trank es hastig, entkleidete sich und legte sich ins Bett. Im Bett fühlte er eine Unruhe, auch schmerzte ihn der Kopf. Da sah er, wie das junge Weib sich verschämt entkleidete. Elastisch glitt sie ins Bett, sie war um Kopfeslänge größer als er.

Herr Iger fühlte das Bedürfnis, seine Unruhe loszuwerden. Auch befriedigte ihn die Vorstellung, dem Körper neben sich Schmerz zu bereiten.

Als die junge Frau seinen warmen Körper fühlte und ihn hilflos wähnte, verlor sie das Gefühl des Verlassenseins. Sie kreuzte die Arme über den Kopf. Sie war nicht mehr verstoßen.

Den nächsten Morgen stand Herr Iger zeitig auf, wusch sich plätschernd, zog sich an und öffnete mit hängenden Hosenträgern dem Hauswart, der Milch und Gebäck brachte. Die junge Frau erwachte durch den Lärm und kleidete sich rasch an, um das Frühstück zu bereiten. Herr Iger tunkte sein Brötchen in den Kaffee und das zweite steckte er zu sich. Dann legte er ein Silberstück neben die junge Frau hin.

»Koch zu Mittag Reis mit Ei. Das genügt.«

»Soll ich nicht ein Mädchen aufnehmen?«

»Wozu? Was willst du den ganzen Tag tun? Ich bin im Geschäft.« Und er sprang in höchster Eile auf und rannte fort.

Die junge Frau begann, den großen Koffer aus-
zupacken. Als sie die feine Wäsche herausnahm
und die kostbaren Decken auflegte, wurde das
Zimmer behaglicher. Dann räumte sie die Handtasche ihres Mannes aus. Sie enthielt nur einen Anzug
und einige Wäschestücke. Als alles geordnet im
Schrank lag, nahm sie das Silberstück, schlüpfte in
den feinen Mantel und stieg hinunter.

Die Lederhändler in der Gelben Straße blickten
mit Genuß auf diese neue Erscheinung. Maja ging
die Gelbe Straße ganz ab und begann sich über das
bißchen Aufsehen zu freuen. Sie trat beim Greissler
ein und kaufte Eier und Reis. In einer reinlichen
Auslage sah sie Würstchen liegen, eine ungewohnte
Delikatesse in ihrer Heimat. Sie kaufte zwei Paar
Würstchen. Freundlich glänzte ein Haarsieb in einem offenen Laden, die junge Frau kaufte das
Haarsieb. Für Brot blieb ihr kein Geld mehr übrig.

Herr Iger kam zum Mittagessen und fand schon
alles bereit. Neben dem Reis und den Eiern lagen
auf einem Teller Würstchen. Auch Konfitüre war
in einer Kristallschale angehäuft, sie stammte aus
der Heimat. Herr Iger aß Reis und Eier.

»Was hast du für abends eingekauft?«

»Für abends ist mir kein Geld mehr geblieben.«

»Du willst mich zu Grunde richten! Wer hat dich
geschafft das zu kaufen!« Er schleuderte die Gabel
auf die Würstchen.

Die junge Frau dachte an das Vermögen, das ihr Gatte zur Mitgift bekommen hatte. Sie bedeckte das Gesicht.

Herr Iger schluckte noch einige Bissen. Dann schüttete er den Rest zurück in die Schüssel.

»Das bleibt für abends.«

II.

»Küß die Hand, gnädiger Herr, meine Hochachtung!«

»Guten Tag, guten Tag!« Herr Iger winkte lebhaft seinem Hausbesorger. Als er die Stufen hinunterstieg, wich er dem Hund seines Nachbarn in einem liebenswürdigen Bogen aus. Am Stockende traf er mit den Kronks zusammen, Mutter und Tochter. Beide hübsch und frisch bemalt. Herr Iger grüßte tief und mit strahlendem Lächeln.

»Bildschön!« sagte er und drückte die kurzen Finger zusammen, als würde er Salz nehmen. Er stürzte auf den Einholkorb zu, Sträuben der beiden Damen, Sträuben des Herrn Iger gegen das Sträuben. Er stellte den Korb in den Lift. Mit tiefer Verbeugung verabschiedete er sich dann und fühlte mit Behagen das Lob seinen Rücken hinunterrieseln. Auf der Straße begegnete ihm das Ehepaar Pöck. Liebenswürdige Begrüßung. Herrn Igers Gesicht strahlte. Er zeigte seine gesunden Zähne und es waren so viele, daß man den Eindruck hatte, alle zweiunddreißig seien oben. Seine Nase sah aus wie ein Schnabel. Das Ehepaar Pöck klagte über die Geschäfte. Auch Herr Iger klagte, aber es stand nicht so schlecht, daß man seinen guten Freunden nicht doch helfen konnte. Das Ehepaar Pöck sah ihn warm an.

Die Frau machte ihr bestes Gesicht.

»Könnt ich Sie heut nachmittag sprechen?« fragte Herr Pöck sogleich. Herzlichste Zusage mit Händeschütteln. Frau Pöck sah ihm auf eine Weise nach, daß er ihr den reizenden Menschen von den Lippen ablesen konnte. Herr Iger lief weiter. Er war sehr kräftig, aber untersetzt und weil er große Schritte machte, sah es aus, als würde er beständig fallen.

In seinem Büro schalt er mit dem Laufburschen, der schlecht geräumt hatte, mit dem Kommis, der falsch sortierte, und mit dem Buchhalter, der im Rückstand war. Mit der Typistin Mimi schimpfte er nicht.

Während er die Briefe durchging, empfing er Agenten. Er benahm sich jovial, besonders gegen die Unterwürfigen. Dann erschien ein Mann mit einer Tasche und begann:

»Herr Kommerzialrat Federer schickt mich zu Ihnen, weil Sie als großer Wohltäter bekannt sind. Es handelt sich hier um das neue Kinderblindenheim. Wohltäter bis zu fünfzig Schilling im Jahr sind Spender, Wohltäter bis zu hundert im Jahr sind Stifter, Wohltäter über hundert im Jahr sind Gründer.«

Er wird zehn geben, taxierte der Agent.

»Und wer zweihundert Schilling gibt?« fragte Herr Iger.

»Bei einer Spende von zweihundert Schilling jährlich wird der Name des Wohltäters auf einer Tafel im Halleneingang prangen«, sagte der Agent schlagfertig.

Herr Iger zog wortlos zweihundert Schilling heraus und ließ sich eine Quittung ausstellen. Er prüfte die Quittung und nahm die Dankesworte des Agenten mit säuerlicher Miene entgegen.

Der Agent verneigte sich mehrmals und ging. Herr Iger empfand es nicht als eine Störung, daß ihn seine Schwester aufsuchte.

»Hier bring ich dir, mein Lieber, Guter, einen Brief meiner Yanka. Sie sind jetzt in Neapel. Es geht ihnen ausgezeichnet und sie danken dem guten Onkel noch vielmals, sie kommen nächste Woche zurück.«

»Warum schon nächste Woche?« fragte Herr Iger lebhaft.

»Der Ossi muß ins Geschäft und dann . . . ist ihnen das Geld ausgegangen. Man gibt mehr aus, als man vorhat. Sie wollten noch nach Florenz, aber das macht nichts.«

»Sie sollen nach Florenz fahren! Wieviel brauchen sie noch? Ich schick ihnen das Geld telegraphisch, sechshundert Schilling, nein, tausend, ich schick ihnen tausend Schilling, sofort!«

»Du bist doch so ein guter Mensch! Der Retter der Familie bist du, unsere einzige Stütze, unsere

Leuchte, leider hast du nicht das Schicksal, das du verdienst!«

Hier seufzte sie und auch Herr Iger seufzte.

Als sie gegangen war, blieb Herr Iger bis Mittag ungestört. Aber zu Mittag hatte er einen Ärger. Es kam ein Diener mit einer Kleiderrechnung.

»Ich zahle nichts, ich zahle keine Kleider! Wie oft soll ich Ihnen sagen, daß ich nicht zahle!« Er ließ den Diener hinauswerfen.

Am Heimweg wurde seine Miene düster. Er bekam schwarze Flecken, die Augen verschwanden, das Gesicht war aufgedunsen. Er riß an der Glocke. Er begrüßte heute nicht einmal die hübsche Bonne mit der gewohnten Freundlichkeit. Er stürmte wild ins Zimmer, den Stock voran.

Im Zimmer saß eine junge Frau mit schönen braunen Augen. Diese Augen blickten jetzt in abgrundtiefer Angst auf ihn. Neben ihr hockte ein kleiner Knabe, er hatte dieselben Augen und dieselbe Angst. Herr Iger stürzte auf die junge Frau zu, die sich erhob und mit dem Kind in die Ecke flüchtete. Er sprach immer denselben Satz und schlug mit dem Stock auf sie ein:

»Du hast ein Kleid gekauft! Du hast ein Kleid gekauft! Du hast ein Kleid gekauft!«

III.

In der Gelben Straße herrschte Lärm. Ein alter Bettler hatte beim Greissler um eine Suppe gebeten. Die Greisslerin gab ihm keine Suppe, sondern einen Groschen. Nach einer Weile machte sie ein großes Geschrei. Die Geschäftsleute liefen zusammen. Auch ein Wachmann war zur Stelle. Er faßte den Bettler an, gerade als er in eine dürre Wurst beißen wollte.

»Er hat sie gestohlen! Er hat die dürre Wurst gestohlen!« schrie die Greisslerin wie eine Furie.

Frau Maja ging mit ihrem Einholkorb durch die Gelbe Straße und kam gerade dazu, wie der Wachmann dem Bettler die Wurst aus dem Mund riß. Sie griff in die Tasche und reichte verlegen ein Geldstück hin.

»Einem Dieb gibt sie Geld!«

»Macht sich wichtig!«

»Ihr Mann hat recht!«

»Ich gib ihm einen Groschen und er stiehlt mir die Wurscht! Aber von jetzt an kommt mir keiner mehr herein, der Freitag wird abgeschafft!«

Frau Maja kam geradewegs auf die Greisslerin zu und trat hinter ihr und den Frauen ein.

Reis, Bohnen, Zucker, Mehl, Kaffee kaufte sie.

Die Kohlenfrau, Frau Hatvany und die Hausbesorgerin von nebenan lästerten beiseite.

Herr Koppstein trat ein, er wollte ein Glas saure Milch.

»Ein schönes Weib«, sagte er zum Greissler und deutete mit dem Kopf auf die junge Frau. Sie lächelte hilflos.

Der Greissler sah sich von seiner Frau belauert. Er blies darum stille Verachtung durch seine riesige Nase.

»Wozu haben Sie denn die vielen Vogerln in Ihrem Geschäft?« fragte Herr Koppstein die Kohlenfrau.

Sie strahlte über das breite Gesicht.

»Ja, die Frau Zenmann hat die Vogerln so gern.« Der Greissler schnaubte vergnügt, die Nase zog ihn hinunter, wie der Rüssel den Elefanten.

Frau Maja hob ihr Einholkörbchen auf und ging.

»Der Mann steht sich was aus mit ihr«, sagte Frau Hatvany ihr nach.

»Was kann er sich schon ausstehn, sie ist doch ein frisches Weiberl«, Koppstein trank die Milch aus.

»Hàt, hören Sie, er ist doch so ein sonniger Mensch und sie ist ein Krentopf. Den ganzen Tag laßt sie den Kopf hängen. Mein Ödön erzählt mir immer, wie der arme Mann sich kränkt. Er ist befreundet mit ihm, er beklagt sich genug.«

»Er ist ein guter Mensch«, sagte die Greisslerin, entschieden wie ein Schiedsrichter.

»Ein schöner Mann!« rief die Kohlenfrau.

Indessen führte die junge Frau ihre hohe Gestalt durch die Gelbe Straße und als sie beim Lederhändler Kurzmann vorbeikam, verbeugte sich dieser tief, denn das tat er vor jeder hübschen Frau. Sie dankte etwas ratlos und trat ins Haus ein. Im Stiegenhaus stellte sich ihr ein schattenhafter Strunk in den Weg. Er reichte nur in ihre halbe Höhe. Im zweiten Stock tauchte wieder dieser beklemmende Schatten auf. Von der Wohnung her hörte sie weinen. Das Kind ist vom Tisch gefallen, nach rückwärts auf den Kopf! Ohne die Bonne zu fragen, hastete sie ins Zimmer. Das Kind saß auf dem Boden und lächelte bei ihrem Anblick. Sie drückte es an die Brust, sie streichelte die dicken weißen Wangen, sie legte die Händchen des Knaben auf ihre Augen und Lippen, als wären dort Wunden.

Das Kind lächelte freundlich.

Da trat Herr Iger ein. Seinem Gesicht war nichts anzumerken. Sie suchte an seinen Händen, er trug nichts. Er sah den Knaben befriedigt an, weil er sein Sohn war und vorzüglich gedieh. Mit dem Silberknauf seines Stockes stieß er ihn unter die Nase, ein Zeichen seiner guten Laune. Die junge Frau beobachtete ihn ängstlich.

Die Bonne trug das Essen auf.

»Wir gehen heute auf den Wohltätigkeitsball der Kolonie«, sagte Herr Iger. »Wir essen zu Hause, dort nehmen wir eine Portion Tee zusammen.«

»Die Leute wundern sich immer, daß ich nichts nehme.«

»Sag, du hast Magenweh.«

Am Abend aßen sie eine Bohnenspeise. Herr Iger schnitt eine Zitronenscheibe ab und wickelte sie in Papier. Dann gingen sie auf den Ball.

»Herr Iger! Herr Iger!«

»Welche Ehre, daß Sie kommen!«

»Fein! Herr Iger!«

»Guten Abend, Onkelchen!«

Herr Iger konnte nicht nachkommen. Seine Augen waren zugepickt und vermochten sich offenbar nur schief einen Weg zu bahnen.

Auch Frau Maja wurde begrüßt. Ein Landsmann trat auf sie zu, nahm ihre Hände zwischen seine und richtete ihr Grüße von zu Hause aus. Er sah ihre schönen, braunen Augen.

»Sie sind noch schöner als früher.«

Sie lächelte ihn dankbar an.

Herr Iger steuerte auf einen großen Tisch zu. Sie blieb stehen, unfähig, weiter zu gehen.

»Was gibts denn! Komm! Komm!«

An dem großen Tisch saßen zunächst Frauen, Landsmänninnen des Ehepaares, auch die Schwester des Herrn Iger.

»Setz dich zu mir her, Bruder!«

»Nein, zu uns her!«

»Ihre Frau ist *auch* da!«

»Endlich! Endlich! Herr Iger!«

Herr Iger drückte die Finger zusammen und schickte der Ungeduldigen einen lauten Kuß.

Die junge Frau setzte sich an das versteckte Ende der Tafel.

»Eine Portion Tee mit zwei Schalen«, bestellte Herr Iger.

Die Musik lärmte, Paare tänzelten, Papierstreifen flogen, Konfetti, es gab Zelte im Dienste der Wohltätigkeit, Damen trugen Kostüme, manche Masken, manche nichts, es ging bunt zu. Herr Iger wurde von zwei Komiteedamen weggeholt.

»Ich hab getan, was in meinen Kräften steht«, sagte er und hob die Handflächen.

»Aber das ist es ja gerade. Seine Exzellenz will Ihnen eine Auszeichnung schicken. Ich wollte Sie nur vorbereiten.«

Herr Iger öffnete auf einmal die Augen. Er spitzte die Ohren. Er spitzte den Mund. Er zog die Komiteedamen intim beiseite.

Ein Herr verbeugte sich vor Maja und bat sie zum Tanz. Sie errötete und lehnte ab. Nach einer Weile kam wieder ein Tänzer. Und dann trat ihr Landsmann auf sie zu.

»Sie waren früher nicht so ernst«, flüsterte er.

»Ich weiß nicht, was es ist.« Er sah auf ihre Augen. Dann verneigte er sich und engagierte ein junges Mädchen.

»Warum tanzen Sie nicht?« fragte die Tischnachbarin schnippisch.

»Sie ist immer so«, antwortete die Schwester des Herrn Iger.

»Das ist ja großartig, die Passitsch tanzt offiziell mit ihrem Liebhaber!«

»Das ist ihr Liebhaber?« fragte die junge Frau.

»Das weiß die ganze Welt.«

»Aber sie ist doch verheiratet!«

»Bist du wirklich so naiv oder stellst du dich nur so?« sagte die Schwester des Herrn Iger.

Da erschien er selbst am Tisch, goß seinen Tee ein und warf verstohlen die Zitronenscheibe hinein.

Ein junges Mädchen trat auf ihn zu, mit einem Tablett. Es war mit Süßigkeiten angefüllt.

»Kaufen Sie mir etwas ab, Herr Iger, zu wohltätigem Zweck!«

Das junge Mädchen lachte sehr, Herr Iger lachte mit.

»Also wieviel werden wir nehmen!« Er zählte die Damen am Tisch. Dann besann er sich.

»Geben Sie her, Fräulein.« Er nahm ihr das ganze Tablett ab und reichte eine Note hin.

»Ah, das Ganze!«

»Das Ganze.«

Zuerst wurde die Tischgesellschaft bedient. Dann ging Herr Iger mit dem Tablett durch den Saal. Er ließ keine Dame aus. Auch die Herren griffen zu. Er selbst rührte nichts an.

Als er wieder bei Tisch saß, bat ein Herr vom Komitee, ob es gestattet sei, seine Frau für eines der Zelte zu engagieren.

»Versuchen Sie es! Versuchen Sie es!«

Der Herr trat auf Frau Maja zu und wiederholte seine Bitte.

»Geh! Wenn man dich ruft, geh! Freu dich! Genieß das Leben!«

Strahlend rief er die Tischgesellschaft zu Zeugen an. Die junge Frau dankte scheu.

Herr Iger machte eine Leidensmiene. Er senkte dabei die Nase wie einen Schnabel.

»Jetzt seht ihr es selbst«, sagte seine Schwester.

»Und so ein Mann!«

»So ein guter Mensch!«

»Ein reizender Mensch!«

Yanka, die Nichte des Herrn Iger, trat auf ihn zu.

»Onkelchen, wie viele Lose kaufst du mir ab?«

»Wie alt bist du, Kindchen?«

»Zweiundzwanzig.«

»Gib zweiundzwanzig.«

Die Nichte streichelte seine Wangen.

Bald darauf wurden die Gegenstände im großen Zelt verlost. Herr Iger gewann einen Teppich, einen Hampelmann und eine Flasche Champagner.

Den Teppich schenkte er Yanka.

»Laß das für das Kind«, sagte die junge Frau leise und zeigte auf den Hampelmann.

»Er ist noch zu klein«, antwortete er gereizt. Hampelmann und Champagner schenkte er dem Komitee zurück.

Die Tanzpaare waren müde, die Büffets ausverkauft, die Wahrsagerin im Zelt flüchtete erschöpft.

»Herr Iger! Herr Iger!«

Herr Iger wurde aufgefordert, seine Kunststücke zum Besten zu geben. Er sträubte sich lange. Doch als er das Zelt betrat, erwies es sich, daß er vorbereitet war. Denn er trug die Zauberutensilien bei sich in der Tasche. Eine Kerze wurde neben ihn gestellt und dann zog er das schwarze Zaubertüchlein heraus.

»Hier ist ein schwarzes Tüchlein, meine Herrschaften, meine Herrschaften, nichts als ein Tüchlein. Und hier zaubere ich Ihnen eine Zündholzschachtel. Bitte zu sehen, bitte zu berühren. Eine Schachtel, ein Tüchlein. Sie sehen die Schachtel, Sie sehen das Tuch, Sie sehen die Schachtel im Tuch, Sie sehen nichts!! Die Schachtel ist verschwunden, das Tüchlein ist leer, meine Herrschaften, so leer wie der Kopf eines Gymnasiasten bei der Matura, so leer wie der Magen eines Waisenknaben, so leer wie meine Taschen beim heutigen Fest. (Lautes Lachen)

Meine Damen! Hier sehen Sie ein Papier, ein ganz großes rundes Papier! Ich zerreiße es. Ich zerreiße es, wie die Sonne den Nebel zerreißt, wie unser Herz zerreißt beim Anblick der Waisenkinder, wie unsere schönen Damen die Strümpfe zerreißen beim heutigen Fest. Sie sehen, ich habe zerrissen, ich zerknülle, ich zerfetze, ich öffne es wieder, es ist ganz, ich öffne zweimal, ich öffne dreimal, das Blatt ist ganz, das große runde Blatt, so rund wie der Mond, so rund wie ein Edamer Käse, so rund wie die Erde.

Meine verehrten Damen! Hier ist meine Uhr und hier ist die Tischplatte. Ich lege die Uhr auf die Tischplatte, greifen Sie, fühlen Sie, die Platte ist hart, meine Damen, so hart wie der Diamant, so hart wie das Herz des Geizigen, so hart wie der Schädel unserer Bauern. Ich lege die Uhr auf den Tisch, ich drücke durch, ich drücke sie durch die harte Tischplatte, hier ist sie, meine Herrschaften, wohlbehalten wie der Säugling im Mutterleib, wie das Waisenkind in unserer Hut, wie ein Mädchen vor dem Traualtar. Ein Trick, meine Damen, ein Trick, ein Igertrick!«

»Weiter! Weiter!« riefen die Damen.

»Hier ist ein alter Hut. Wie ihn der Bettler vor uns hinstellt, damit wir unser Geld klirren lassen, ich lasse es klirren, ich lasse im Hut Goldstücke klirren, bitte zu sehen, bitte zu staunen, ich schüttle die Goldstücke, ich setze den Hut auf meinen Kopf! Sie fallen nicht heraus, sie bleiben drin! Sehen Sie meine Hände, meine Damen, meine Hände sind leer, entblößt wie der nackte Säugling, nackt wie die Wahrheit, die Rechte weiß, was die Linke tut, beide tun das Rechte! Ich hebe den Hut ab, meine Damen, den Hut des Bettlers, er ist leer! Und die Goldstücke, die ich dem Bettler gespendet habe, Sie finden sie wieder, Sie finden sie doppelt wieder, dreifach wieder, zehnfach wieder. Sehen Sie selbst! Nur ein Trick, meine Damen, ein Igertrick!«

»Sie zaubern bezaubernd, Herr Iger!«

Maja saß allein am Tisch.

Als Herr Iger am nächsten Mittag übellaunig heimkam, war kein Mittagessen bereitet.

»Ich habe für das Geld eine Wolljacke gekauft, der Kleine friert schon.«

Vor Iger drehte sich das Zimmer.

»Wir können das Mittagessen vom Gasthaus holen lassen, du gibst für Fremde so viel aus«, sagte sie.

»*Du hast kein Essen bereitet!*« Jede Silbe war ein Stockhieb. Er schlug sie, bis sie zusammenstürzte. Dann schlug er sie erst recht. Die Bonne öffnete die Türe und sah neugierig zu. Draußen schellte es. Herrn Igers Arm versagte.

Das Kind saß auf dem Boden und schrie. Herr Iger holte noch einmal aus. Dann warf er den Mantel über und raste hinaus.

Draußen stand Frau Weiß, die Nachbarin; er raste an ihr vorbei. Sie trat ins Zimmer. Auf dem Boden lag wie hingeschleudert die junge Frau, den Kopf an die Wand geschlagen. Sie war heiß und geschwollen.

»Heben Sie sie auf, Milka«, befahl die Nachbarin. Sie hatte dieselbe Schnabelnase wie Herr Iger, daher konnten sie einander nicht leiden. Die junge Frau wurde aufs Bett gelegt. Sie glühte.

»Was hat Ihre Mutter geschrieben?«

»Daß *sie immer* eingesperrt war, ich werde wenigstens ausgeführt. Und der Vater läßt mir sagen, wenn er spart, so ist es für mich und das Kind. Ich soll Geduld haben.«

»Sie kommen mit mir zur Polizei.«

Die junge Frau versuchte sich zu erheben. Es ging nicht.

»Das ist gerade gut, so müssen Sie hin, das wird Ihnen die Freiheit geben. Wir nehmen einen Wagen.«

Der Polizeiarzt sah sie maßlos erstaunt an.

»Das sind tellergroße Beulen«, sagte er und schrieb es nieder.

»Nicht mehr zurückgehen«, drängte die Nachbarin, »bei mir wohnen, bis die Scheidung vollzogen ist. Sie zeigen mir auch, wie man diese Konfitüre macht, die aus Rosenblättern.«

»Kann er mir das Kind nicht wegnehmen, wenn ich sein Haus verlasse?«

»Nicht mit diesem Zettel.«

Am Abend klopfte Herr Iger an.

»Was sind das für Dummheiten! Komm zurück, meine Liebe! Was bist du für eine Mutter!«

»Ihre Frau geht nicht zurück.«

»Aber meine Liebe, sei doch vernünftig, das kann doch vorkommen, das kommt in jeder Ehe vor, du hast mich gereizt, ich hab dich gereizt, wir sind quitt. Ich trage dir nichts nach, sei vernünftig und komm. Ich bitte dich, komm! Hier knie ich. Du siehst mich vor dir knien. Ich knie vor dir!«

»Hat er Sie nicht doch gern?« flüsterte die Nachbarin ihr zu.

Sie schüttelte traurig den Kopf.

»Es ist wegen meiner Mitgift. Er muß sie herausgeben, wenn ich mich trenne. Er hat mich nur wegen meiner Mitgift geheiratet.«

»Herr Iger, gehen Sie, es hat keinen Sinn.«

Herr Iger ging und kam nach fünf Minuten wieder. Er trug das Kind auf dem Arm, er hatte es aus dem Schlaf geweckt. Das Kind im weißen Spitzenkleidchen weinte.

»Er weint die ganze Zeit, die Milka kann ihn

nicht beruhigen, komm zurück, morgen kannst du mit ihm weg, nimm dir ein Zimmer, nimm dir das Bettchen mit, wo willst du ihn jetzt hinlegen, oben kann er nicht bleiben, die Milka schlägt ihn, wenn du nicht da bist, willst du ihn hier in dein Bett nehmen und im Schlaf ersticken, das kommt vor!«

Die junge Frau drückte das Kind an sich, schloß die Augen und folgte ihm.

»Ich lasse morgen das Bettchen herunterbringen«, sagte sie zur Nachbarin und sah sie warm an.

Sie konnte nicht liegen, die Beulen brannten sie wie Feuer. Da merkte sie, wie er zu ihr heranrückte. Sie wollte aufspringen, er faßte ihre zerbeulten Arme. Sie rang mit ihm, sie stieß um sich und biß ihn.

So empfing sie ihr zweites Kind.

Am nächsten Morgen, als sie aufstand, floß schwarzes Blut durch ihr Gesicht. Sie zog sich an, ohne auf das Geplauder des Kindes zu achten. Sie verließ das Haus vor ihrem Mann. Beim Anwalt war sie so dringend, daß er von einer Gerichtsverhandlung gerufen wurde.

Er besah die Beulen, die bis zum Hals reichten, und das Zeugnis, in dem es stand.

»Ja, das ist ein Scheidungsgrund durch alleiniges Verschulden des Gatten.« Er schluckte es zufrieden. »Soweit wäre also alles in Ordnung. Ihre Mitgift ist Ihnen sicher, Sie müssen sie zurückbekommen. Das Kind wird selbstverständlich der Mutter zugesprochen. Nur eine Frage hätte ich noch, gnädige Frau, Sie müssen schon verzeihen: Ist es nach dem Streit zu Intimitäten gekommen?«

Die junge Frau wurde dunkelrot.

»Bedauere sehr, gnädige Frau, dann kann ich die Scheidung nicht durchführen.«

IV

Herr Iger trat strahlend ins Zimmer. Er stieß das kleine Mädchen mit dem Knauf seines Stockes unter die Nase, die Kleine wehrte sich. Er schlug dem Knaben auf die Schulter, der Knabe lächelte freundlich. Er war dick und gutmütig, das kleine Mädchen war mager. Es bekam die Nase des Vaters.

Herr Iger trat auf seine Frau zu und begrüßte sie.

Die Bonne trug das Essen auf, es gab Pasteten. Herr Iger lobte die Pasteten. Dann lobte er seine Frau. Sie sah ihn an.

»Du bekommst von mir ein Geschenk, meine Liebe, wir sind sieben Jahre verheiratet, du hast ein Geschenk verdient. Keinen Mist, einen Mantel! Einen Pelzmantel! Einen echten Pelzmantel. Du suchst ihn dir selbst aus. Ist dir das recht?«

Die junge Frau bekam Furcht.

»Kauf dem Buben, was er braucht. Kauf der Kleinen Schlittschuhe. Da hast du Geld. Da hast du Geld für den Buben. Da hast du Geld für das Mädchen. Da hast du noch Geld für dich.«

Es lag da. Die junge Frau stand auf, trat ans letzte Fenster und begann zu beten.

»Wir gehen abends ins Theater. Da, nimm die Zeitung und such ein Stück aus. Such du selbst es aus.«

Sie trat an den Tisch und wischte die Tränen übers Gesicht.

»Welches willst du? Nein, such du es dir selbst aus! Such du nur! Die Dollarkönigin? Gut. Sehr gut. Jeden Tag ausverkauft. Ich nehme die Karten im Büro. Ich überzahle.«

Die junge Frau bekam wieder Furcht. Seine Miene blieb unverändert strahlend.

»Hast du ein gutes Geschäft gemacht?« fragte sie zögernd.

»Erraten! Erraten! Ein glänzendes Geschäft!« Und er schlug ihr auf die Brust.

Noch am selben Abend gingen sie ins Theater. Herr Iger brachte Konfekt in die Loge und ließ ihr Erfrischungen reichen.

Am nächsten Morgen sah die junge Frau ihn an, ob es ein Traum war. Es war kein Traum. Herr Iger bot ihr einen strahlenden Morgengruß.

Aber zu Mittag kam er düster heim. Traurig glitt seine Hand über die Köpfe der Kinder.

Die junge Frau sperrte seinen Stock in den Kasten.

Er setzte sich schweigend zu Tisch und klapperte hastig auf dem Teller. Er war schon fertig, die junge Frau hatte noch kaum zu essen begonnen.

»Ich habe eine schlechte Nachricht für dich, eine sehr schlechte Nachricht. Du mußt gescheit sein.«

Sie blickte ihn erschrocken an.

»Dein Vater hat ein schönes Leben geführt, er hat ein hohes Alter erreicht, er hat ein leichtes Ende gehabt. Er ist tot.«

Ihr Kopf fiel auf den Tisch. Der Vater war tot, ihre Kindheit war tot, das verklärte Bild war tot, es kam nicht wieder.

»Du hast geerbt. Du hast schön geerbt. Du hast Bargeld geerbt. Ich werde es brauchen können. Mein Sohn soll ein großes Geschäft führen. Stoitsch kommt morgen und bringt dir das Geld. Du läßt es dann aufs Geschäft übertragen. Das ist eine Formalität. Eine Unterschrift. Dein Vater ist heute früh begraben worden.«

V

Am nächsten Tag kam Stoitsch an. Als er das Zimmer sah, verlor er einen Augenblick seine steife Haltung. Vor Frau Maja verneigte er sich tief.

»Hocherfreut! Hocherfreut! Nehmen Sie Platz, lieber Freund, warum sind Sie im Hotel abgestiegen! Sehr schade, wirklich sehr schade! Sehen Sie sich unsere Kinder an! Ganz der Verstorbene, nicht wahr?« Herr Iger schob die Kinder vor.

Der Verwalter neigte seine hohe Gestalt ein wenig und reichte den Kindern Schokolade.

»Das ist zu viel, das ist zu viel, nehmen Sie Platz, lieber Freund, verschnaufen Sie ein wenig bei uns, Sie sehen übrigens blendend aus, ich führ Sie später durch die Stadt, da hat sich viel verändert, wir essen bei Sacher, meine Frau kommt direkt zu Sacher, sie läßt die Kinder nicht gern allein . . .«

»Ich habe Auftrag, mit der gnädigen Frau zu sprechen.«

»Sprechen Sie, mein Lieber, sprechen Sie, ich sehe ein bißchen ins Geschäft, ich bin Ihrethalben zu Hause geblieben, unser Freund trifft sich mit uns bei Sacher«, sagte er zur jungen Frau gewendet.

»Ich bedaure, ich habe um die Mittagsstunde eine geschäftliche Besprechung.«

»Ist mir leid, ist mir sehr leid.«

Verletzt rückte er ab.

Er küßte die Kinder, er küßte der jungen Frau die Hand, er schüttelte sie dem Verwalter und ging mit gekränkter Miene.

Der Verwalter zog einen Stuhl zurecht.

»Es ist der letzte Wille meines verstorbenen Herrn gewesen, gnädige Frau für alle Zukunft zu versorgen.«

Hier legte die junge Frau die Hände auf die Augen und weinte.

»Der Verstorbene hat für gnädige Frau eine Apanage bestimmt, es sind die Zinsen des Kapitals, das ich hier placieren werde. Falls es beliebt, sich der Erziehung und dem Ansehn gemäß einzurichten, hat der Verstorbene auch dafür gesorgt und eine Summe apart bestimmt. Das Kapital steht zur Verfügung der gnädigen Frau allein, das ist der Wunsch und Wille des Verstorbenen. Die Zinsen ergeben ein der Erziehung und dem Ansehn gemäßes Einkommen.«

Die junge Frau weinte noch immer. Sie weinte, weil sie ihrem Vater nicht mehr danken konnte, weil es ein guter Vater war und weil sie erlöst war. Dann preßte sie die Tränen in ihr Tuch und errötete.

»Kann mein Mann Ansprüche auf dieses Geld stellen?«

Der Verwalter fühlte sich erleichtert, weil sie ihm das Wort aus dem Mund nahm.

»Der Herr Gemahl haben kein Recht auf das Vermögen und keine Möglichkeiten darüber zu verfügen, falls gnädige Frau die schriftliche Erlaubnis hierzu nicht erteilen. Es ist der letzte Wille des Verstorbenen, daß gnädige Frau eine solche schriftliche Erlaubnis *nicht* erteilen.«

Er sah ihre Augen an.

»Die gnädige Frau Mutter, meine Herrin, wünscht, daß ich bei der Wahl eines Wohnsitzes meine Dienste antrage.

Ich habe Auftrag, darum noch einen Tag hier zu bleiben.

Falls es gewünscht wird, stehe ich zur Verfügung.«

»Ich möchte sehr darum bitten.«

Warum zuckt sie mit den Lidern, dachte er und sah sie ehrfürchtig an. Er erhob sich und verbeugte sich tief.

Zu Mittag kam Herr Iger mit süßem Lächeln.

»Heute gehen wir einen Pelz kaufen, meine Liebe.«

»Heute gehe ich mit Stoitsch eine Wohnung suchen, er holt mich nach Tisch.«

»Wa-wa-was! Du willst Geld! Du willst das Geld verschleudern! Du willst das ganze Geld hinauswerfen!«

»Ich werfe nicht das Geld hinaus, ich nehme nur eine Wohnung. Wir leben in einem Zimmer.«

»Eine Wohnung! Eine Wohnung! Da braucht man Personal! Dienstboten! Eine Wohnung kostet Geld, meine Liebe, wer soll das zahlen!«

»Das werde ich bezahlen. Ich gehe mit Stoitsch. Er bleibt deshalb noch hier.«

Herrn Iger stockte das Essen. Er schob den Teller weg und lief davon. Nach einer Viertelstunde kam er wieder.

»Hör mich an, meine Liebe, ich muß dir ein Geständnis machen. Ich plane schon lange, eine größere Wohnung zu nehmen. Ich wollte dich überraschen, du bist mir zuvorgekommen.«

Sie schwieg.

»Die Wohnung hat drei Zimmer. Große, helle Zimmer. Ein Badezimmer, einen Balkon, breite Fenster, Gasherd. Alles nach Wunsch!«

»Wo ist diese Wohnung?«

»Sie ist noch dazu in unserem Haus! Kronks ziehen weg. Sie ist prachtvoll. Wir ersparen Über-siedlungsspesen. Der Hausmeister macht alles. Ich habe schon mit ihm gesprochen.«

»Die Spesen werden nicht groß sein, ich lasse doch die neuen Möbel direkt in die Wohnung schicken.«

»Möbel! Du kaufst Möbel. Du wirfst das Geld hinaus.«

»Es ist der Wunsch meines Vaters.«

»Gut, gut. Du sollst es haben. Nur eines meine

Liebe, schau dir die Wohnung oben an. Schau sie dir nur an. Ich bitte dich nur, sie anzuschauen.«

»Ich will in die Nähe eines Parks, wegen der Kinder. Und ich will nicht in der Gelben Straße wohnen.«

»Wozu den Park vor der Nase! Sie sollen weit gehen! Da machen sie mehr Bewegung! Das ist viel gesünder! Hier habe ich mein Geschäft! Darauf mußt du Rücksicht nehmen! Ich gebe dir nach, du gibst mir nach! Schau dir die Wohnung an! Schau sie dir nur an! Das verpflichtet zu nichts! Du mußt sie nicht nehmen! Niemand zwingt dich! Schau sie dir nur an!«

Die junge Frau stieg zwei Treppen hinauf. Hinter ihr tanzte Herr Iger. Die Damen Kronk waren frisch bemalt und von dem kompakten Wunsch besessen, die Wohnung loszuwerden.

Sie zeigten die hellen Zimmer, Herr Iger half mit. Sie zeigten das Badezimmer, Herr Iger betonte das Klosett. Sie zeigten den Balkon, Herr Iger zog sie zum Kühlschrank. Sie zeigten die Salonmöbel, auch diese waren zu verkaufen, Herr Iger bewunderte die Lackierung.

Die Damen redeten, lächelten, schmeichelten, lobten, Frau Maja fühlte die Heuchelei, sie fühlte, daß dies nicht die Wohnung war, die sie sich wünschte, und sie fühlte, daß sie überwältigt wurde. Die Damen drückten ihr noch herzlich die

Hand und Herr Iger drückte den Damen die Hand. Die Wohnung war verkauft.

Als Herr Stoitsch abreiste, übergab er der jungen Frau eine eiserne Kassette mit einem Sparbuch.

»Das Geld ist auf Ihren Namen eingelegt. Als Merkwort gilt der Vorname Ihres Vaters. Das halten Sie geheim. Nur *Sie* können das Geld beheben.«

Er küßte ihr ehrfürchtig die Hand und küßte die Kinder.

VI

Es ist eine merkwürdige Straße, die Gelbe Straße. Es wohnen da Krüppel, Mondsüchtige, Verrückte, Verzweifelte und Satte. Dem gewöhnlichen Spaziergänger fallen sie nicht auf. Frau Maja hätte sie sehen können, aber sie versteckte ihre Augen.

Jetzt nicht mehr. Jetzt geht sie durch die Gelbe Straße und sieht sich um. Täglich fährt ein Kinderwagen vorbei. Es sitzt darin ein Kinderkörper mit einem Buckel und einem Greisenkopf. Die Beinchen hängen herunter, wie bei einem Hampelmann. Die Insassin des Wagens ist über sich selbst nicht so erschrocken wie die andern, die sie sehen. Das Blut täuscht. Sie fühlt sich warm und jung. Sie zittert von Hoffnungen. Enttäuschungen haben sie ausgetrocknet, aber sie hofft noch immer. Das Blut täuscht.

Jeden Morgen, knapp ehe die Runkel erwacht, sieht sie die Wahrheit. Sie sieht ihr eigenes Bild. Sie fühlt sich selbst, wie sie wirklich ist. Sie stöhnt so laut, daß sie erwacht. Am Tage vergißt sie sich wieder.

Jetzt fuhr sie an der jungen Frau vorbei und fing ihren Blick auf. Höhnisch verzog sie die Brauen.

Frau Maja ging weiter und sah Herrn Koppstein vor seinem Ledergeschäft auf der Lauer stehen. Er wartete auf den Augenblick, um sie zu grüßen. Sie blickte weg. An jeder Hand führte sie ein Kind. Vor der Trafik stand die Trafikantin, stand in ratloser Unterwürfigkeit vor einem strengen Herrn. Der Herr sprach drohende Worte. Er hatte spröde Haare, spröde Nägel, spröde Finger.

Am Ende der Straße traf sie Herrn Kienast, einen Nachbarn. Er grüßt mild. Er war Tierarzt. Aber wenn ein Hund die Staupe hatte, mußte ein Kollege die tödliche Injektion machen. Die Kienasts hielten keine Magd, nur eine Bedienerin kam ins Haus und wenn es dämmerte, wurde sie hastig weggeschickt. Oft mußte sie mitten im Scheuern gehen. Nie schlief ein Gast bei Kienasts. Herr Kienast war nämlich mondsüchtig. Nachts schlich er durch alle Zimmer, tags war er bleich und mild wie der Mond.

Frau Maja ging mit ihren Kindern durch die Gelbe Straße und durch mehrere Nebenstraßen, an bunten Geschäften vorbei, mit erhobenem Kopf und heiter wie damals, als sie mit ihren Geschwistern vor den Bazars der Heimatstadt spazierte. Sie erfüllte den Kindern ihre Kinderwünsche. Sie ging mit ihnen in den Park. Sie sah ihnen zu, sie hatte rote Wangen, ihre Wimpern senkten sich ruhig, ihr Körper blühte, feine Herren bewunderten die feine Dame.

Zu Hause bereitete eine Köchin die Mahlzeiten. »Gnädige Frau befehlen«, sagte sie. Auch die Bonne war neu, niemand wußte von ihrer früheren

Erniedrigung. In einem Jahr haben sie alles vergessen, dachte sie über die Kinder.

Zu Mittag, wenn Herr Iger heimkam, legte es sich
düster über sie. Es geschah nichts Wesentliches.
Herr Iger fand das Essen zu üppig, er steckte ein
Brötchen ein und eine Scheibe Zitrone, er schrie
nicht und schlug nicht. Die Kinder stieß er mit dem
silbernen Knauf unter die Nase. Das kleine Mädchen haute wild auf ihn ein und machte ihn lachen.
Der Knabe lächelte freundlich und stieß ihn ab. Er
wird wie die Mutter, fand Herr Iger.

Eines Tages kam Herr Iger heim. Er war schwarz
und angeschwollen und sagte: »Ich bin ruiniert. Ich
habe eine Zahlung, wenn ich nicht zahle, bin ich
ruiniert. Ich und meine Kinder, wir werden betteln
gehen. Auf die Straße muß ich sie setzen, sie sollen
betteln.«

»Unsere Kinder werden nicht betteln müssen,
mein Einkommen reicht für uns alle, wir brauchen
unsere Gewohnheiten nicht zu ändern, ich bestreite doch auch jetzt alles.«

»Ich lasse mich von meiner Frau nicht erhalten.«

»Ich bestreite auch jetzt den Haushalt.«

»Die Kinder werden betteln gehn. Der Vater
wird entehrt sein.«

»Wie groß ist deine Verpflichtung?«

»Dein Geld könnte mich retten. In einigen Wochen bin ich wieder oben. In einer Woche. Dann bekommst du dein Geld zurück. Mit Zinsen. Du rettest meine Ehre. Meine Ehre ist deine Ehre und die Ehre der Kinder. Ihr Name muß unbefleckt bleiben.«

»Ich gebe das Geld nicht her. Wovon leben wir dann, wenn ich das Geld hergebe?«

»Gib mir das Geld!«

»Ich gebe das Geld nicht her. Was immer du sagen wirst, du sprichst umsonst. Es war der letzte Wille meines Vaters, daß ich das Geld behalte. Ich kenne dich. Ich gebe das Geld nicht her.«

»Gib mir das Geld!«

»Es war der Wille meines Vaters, er hat mich nicht verlassen.«

»Liebe, hör mich an. Glaubst du, ich schätze dieses Leben nicht? Was war das früher für ein Leben! Friede ist, Ruhe ist, Ordnung ist, Herrschaften sind wir, ich schätze das wie du. Es soll alles so bleiben. Ich gebe dir dieselben Zinsen, ich zahle dir höhere Zinsen. Ich schwöre es dir, beim Leben der Kinder schwöre ich es dir. Ich gebe es dir schriftlich. Gehen wir zum Notar. Ich brauche Kapital. In einem Jahr habe ich es verdoppelt. In zwei Jahren verdreifacht. Unsere Kinder sollen reich sein.«

»Sie sollen zufrieden sein.«

»Gib mir das Geld, du bekommst es zurück.«

»Ich gebe es nicht.«

Herr Iger ergriff seinen Stock. Er schlug auf den Kopf des Knaben.

»Gib mir das Geld!« Jedes Wort war ein Stockhieb.

Das Kind zuckte mit den Wimpern und sah zur Mutter hinüber, es sah die entsetzten Augen der Mutter und weinte nicht. Maja riß das Kind an sich. Sie fing Stockschläge auf. Das kleine Mädchen schlug nach dem Vater. Der Vater schlug nach dem kleinen Mädchen und spuckte. Das Kind schrie.

»Gib mir das Geld.«

»Ich gebe das Geld nicht her. Ich gehe fort von dir mit den Kindern.«

Herr Iger lief zur Türe hinaus und sperrte von außen ab. Dann lief er zur zweiten Türe und sperrte auch diese ab.

»Die Frau bleibt eingesperrt«, befahl er der Köchin und ging.

Frau Maja war eingesperrt. Sie riß an der Türe und klopfte heftig.

»Ich darf nicht öffnen«, schmeichelte die Bonne. Frau Maja setzte sich auf den Divan. Der Kleine sah ihre Augen an. Er legte seine Ärmchen auf ihren Schoß. Sie streichelte ihn abwesend.

Abends kam Herr Iger und sperrte auf.

»Gib mir das Geld!«

Sie rannte zur Türe, nahm draußen Mantel und Hut und eilte davon.

»Du kannst gehen, wohin du willst, die Kinder bekommst du nicht!«

Sie lief zu ihrem Anwalt.

»Ja, das ist kein hinreichender Scheidungsgrund. Ein Vater hat Züchtigungsrechte. Das Geld geben Sie ihm auf keinen Fall. Fahren Sie mit den Kindern zu Ihrer Mutter, bleiben Sie, bis er Sie zurückruft, und stellen Sie dann Bedingungen. Aber ohne seine Einwilligung dürfen Sie auf keinen Fall weg, das ist für ihn ein Scheidungsgrund, und die Kinder werden dann ihm zugesprochen. Versuchen Sie es noch auf gütlichem Wege.«

Maja erfuhr zum ersten Mal, daß der Verstand denen fehlt, die ein Amt haben. Mutlos erhob sie sich.

Zu Hause saß Herr Iger mit seinen Kindern bei Tisch, er aß und die Kinder aßen. Maja setzte sich mit Hut und Mantel nieder.

»Sei gut. Sei einmal gut zu mir. Laß mich in Frieden leben. Was hab ich dir getan, daß du mich so haßt? Warum willst du mich wieder ins Unglück bringen? Vielleicht kannst du nichts dafür, aber du bist nicht anders, es ist deine Natur. Du hast meine ganze Mitgift, du gibst nichts für uns aus. Laß mir dieses Geld.«

»Für wen will ich das Geld? Gönn ich mir etwas?

Kauf ich mir etwas? Sag es selbst! Ich will es für euch! Alles bleibt euch! Wenn du mir das Geld gibst, wirst du das schönste Leben haben. Theater, Bälle, Opern, Toiletten, Luxus, alles wirst du haben!«

»Ich will Ruhe haben.«

»Du wirst Ruhe haben, die größte Ruhe. Frieden im Haus, das schönste Leben! Wie eine Fürstin wirst du leben! Aber gib mir das Geld!«

»Laß mich und die Kinder zu meiner Mutter fahren! Auf einen Monat. Ich werde es mir überlegen. Vielleicht gebe ich dir dann das Geld.«

»Fahr! Fahr! Fahr! Nimm die Kinder und fahr! Fahr zu deiner Mutter! Bleib zwei Monate! Bleib drei Monate! Freu dich! Genieß das Leben! Ich zahl die Reise! Fahr! Erst gib das Geld!«

»Ich geb das Geld nicht her.«

Herr Iger zog den Knaben mit dem Sessel zu sich heran. Er füllte den Teller des Kindes mit Reis. Dann nahm er die Gabel und stopfte dem Kind Reis in den Mund.

Der Knabe schluckte es freundlich. Eine zweite Gabel. Der Knabe schluckte gutmütig. Noch eine Gabel. Der Knabe schluckte. Er sah dabei zur Mutter hinüber. Das Weiße in seinen Augen glänzte hilflos.

»Friß!« sagte Herr Iger und stopfte ihm die fünfte Gabel in den Mund.

Das Kind bekam Tränen, schluckte gehorsam und erbrach sich.

Die junge Frau preßte die Hände zusammen.

»Friß! Friß!«

Das Kind schluckte und erbrach.

Sie warf sich dazwischen.

Er sperrte die Türe ab und ging in sein Zimmer. Sie legte die Kinder zu Bett und trat ans Fenster. Wie naß die Straße war, wie tief und finster und kalt. Sie drehte sich um. Der Kleine sah ihr zu. Sie nahm ihn in die Arme. Sie hielt ihn die ganze Nacht an ihre Brust gepreßt.

Den nächsten Morgen stand Herr Iger zeitig auf und besprach draußen den Küchenzettel. Dann setzte er sich ins Kinderzimmer und sperrte es ab.

Der Kleine spielte mit Bausteinen. Das Gebäude fiel um und machte Geräusch.

Herr Iger sah schief von der Zeitung auf. »Ruhe!« sagte er.

Der Knabe hob leise die Steine und baute behutsam weiter. Als der Turm fertig war, stieß das kleine Mädchen absichtlich mit dem Fuß daran. Gebannt blickte der Knabe auf den Vater. Herr Iger nahm den Stock und schlug ihn.

»Ich muß hinaus!« sagte die junge Frau, »laß mich hinaus!«

Der Knabe sah ihre Augen an.

Herr Iger ging ihr nach und wartete vor der Gangtüre.

Die junge Frau schlüpfte in die Küche und steckte der Bonne eine große Note zu. Die Bonne riß die Augen auf.

»Bring . . . bringen . . . bringen Sie einen Wachmann!«

»Der Herr wird mich davonjagen.«

Die junge Frau griff sich an den Hals. »Bring . . . Bringen Sie, bringen Sie!«

Die Bonne sah auf ihre Augen und ging.

Nach einer Weile schellte es stark. Die Köchin öffnete. Der Wachmann ging stracks auf die Zimmertür zu.

Herr Iger öffnete.

Die junge Frau stand groß auf. »Fort, fort, fort, fort! Weg, weg, weg, weg! Ich kann nicht mehr! Ich kann nicht mehr! Er bringt mich um! Führen Sie mich we-weg! Ich *kann* nicht!« Sie würgte sich am Hals. Herr Iger schloß die Tür. Das kleine Mädchen schrie. Der Knabe sah weinend auf die Augen der Mutter.

»Nehmen Sie gefälligst Platz, Herr Inspektor! Es ist mir unendlich leid, daß man Sie bemüht hat. Unwissenheit des Personals. Sie werden gleich begreifen! Setz dich, meine Liebe, niemand mordet, beruhige dich, meine Liebe! Da sind sie, deine Kinder! Niemand mordet! Beruhige dich nur, das wird vorübergehen! Das geht immer vorüber! Du weißt, das geht immer vorüber!«

Der Inspektor sah ihn an. Herr Iger winkte ihm mit den Augen und zeigte auf seine Stirn. »Beruhige dich, meine Liebe!«

Der Wachmann nickte.

»Sie hat das oft. Aber es ist nicht gefährlich. Die Mädchen sind neu, darum hat sie das erschreckt. Man erzählt nicht gern von seinem Unglück. Es ist ein Unglück.«

»Beruhigen Sie sich! Wenn Sie ruhig sind, dürfen Sie mitkommen. Aber hören Sie auf zu schreien.«

»Ich kann nicht! Ich muß schreien! Ich kann nicht mehr! Er ermordet die Kinder! Sie wissen nichts! Helfen Sie mir! Helfen Sie mir weg!«

»Ja, ja, gewiß. So wie Sie ruhig sind, kommen Sie mit. Ich warte indessen draußen.«

Sie sah ihm nach, wie er ging. Sie war still. Der Mund blieb offen. Herr Iger schloß die Tür.

»So, meine Liebe. Jetzt bist du ruhig. Komm jetzt. Gib mir das Bankbuch.«

Langsam erhob sie sich und ging zur Kommode. Sie öffnete und vergaß, was sie wollte. Dann stöberte sie herum, bis die Kassette frei lag.

Er nahm sie. Den Schlüssel trug sie am Halsband. Er löste ihn ihr vom Hals.

»Gut, meine Liebe, ich dank dir sehr, ich dank dir. Nimm deinen Mantel, mach dich fertig, wir gehen, nein, wir fahren. Wir fahren im Auto, wie zu einer Hochzeit! Komm, meine Liebe!«

Sie schlüpfte gehorsam in den Mantel, den er ihr hielt. Sie legte den Hut schief über den Kopf.

Auf die Kinder vergaß sie zu schauen.

VI.

»Ein Tiger geht jeden Morgen durch den Park. Er hat Hunger. Die Pflegerin macht der Kellnerin ein Zeichen und sieht mich dabei an. Sie lesen meine Gedanken. Sie kennen meine Träume. Ich bin verloren. Heute sagte der Portier: »Gotteslästererin!« und sah mich an. Ja, ich hab Gott gelästert. Ich hab meine Kinder verflucht! Zu Weihnachten werden sie sterben.«

»Nicht weinen. Alles wird gut werden. Nur Geduld. Sie sind ein guter, lieber Mensch, Sie haben noch keiner Fliege etwas zuleide getan, Sie waren immer so gut zu den Kindern, niemand wird sterben. Beruhigen Sie sich, Frau Maja.«

Die Weiß streichelte ihre Hände.

»Sie wissen nicht alles. Ich kann Ihnen nicht alles sagen. Ich hab sie verflucht. Einmal schlug mich die Kleine. Wenn sie wird wie der Vater, soll sie nicht leben. Das hab ich gedacht. Jetzt kommt die Strafe. Der Kleine ist so gut! Beide sind gut! Wenn er nur nicht wird wie der Vater, hab ich gedacht. Drei Bäckereien blieben mir übrig. Ich nahm sie auf mein Zimmer. Ich zeigte auf die eine und sagte, das ist (für) mein Söhnchen. Ich zeigte auf die andre und sagte, das ist meine Tochter. Und plötzlich faßte ich die eine, die mein Söhnchen war, und sagte, das ist Jesus und steckte sie in den Mund und zerkaute sie rasch. Und dann nahm ich die andere, die meine Tochter war, und sagte, das ist Maria und steckte sie schnell in den Mund und zerkaute sie rasch. Darum müssen sie sterben. Ich bin eine Gotteslästererin.«

»Nicht weinen. Das ist alles eine böse Hypnose. Es wird vorübergehen. Ihre Kinder werden nicht sterben, sie sind ganz munter und warten, daß Sie endlich nach Hause kommen. Nicht weinen!«

»Meine Kinder werden sterben.«

Ihr Leid rief einen Gott an.

VII

Herr Koppstein ging breit durch die Gelbe Straße und trat mit Lärm beim Greissler ein.

Die Kohlenfrau watschelte geil hinter ihm her.

Herr Kienast schwebte fast durch die Gelbe Straße und zum Greissler hinein.

Die Bedienerin vom Sanatorium schlappte durch die Gelbe Straße und stieg beim Greissler ein.

Frau Hatvany humpelte daneben.

Frau Weiß schritt energisch aus und sah sich gerecht nach allen Seiten um.

Gerade als sie beim Greissler eintrat, sagte die Bedienerin mit raunziger Stimme: »Sie sagt immer, ein Tiger will sie fressen und ich bin schuld. Ich kann doch nichts dafür.«

»Hàt, der Mann hat sich ganz genug mit ihr ausgestanden, sie war schon immer verrückt, sie hätt ihn auch in die Narrheit treiben können mit ihre Bosheiten.«

»Aber sie war doch eine liebe, feine Dame«, sagte Kienast sanft.

»Das will ich meinen! Eine Heilige ist sie! Eine Märtyrerin ist sie! Er hat sie zum Wahnsinn getrieben, er gehört ins Kriminal! Hinaus gehört er, hinaus aus der Stadt!«

Die Weiß war es.

»So ist es. Hab ich mir gleich gedacht. Sie war

doch ein frisches Weiberl.« Koppstein schluckte saure Milch.

»Darf ich fragen, welcher Art die Erkrankung ist?«

»Gemütsdepression, Herr Kienast. Sie haben ja auch gehört, wie oft der Rohling sie geschlagen hat. Auf ihr Geld war er aus! Alles wollte er ihr wegnehmen. Aber das wenigstens ist ihm nicht gelungen.«

»Das ist aber heilbar, die liebe Dame kann gesund werden.«

»Ja. Es ist nur schwer mit ihr. Sie klagt sich selbst beständig an. Wenn er kommt, bittet sie ihn um Verzeihung, weil sie die Kinder verwünscht hat. Jetzt siehst du deine Schlechtigkeit ein, das ist die Strafe, sagt ihr der Schuft, statt sie zu beruhigen!«

»Er will ihr halt nicht widersprechen«, belehrte die Greisslerin.

»Das wirds sein!« ruft die Kohlenfrau.

»Hàt, was ist mit dem Geld geschehen?«

»Das Geld ist in Sicherheit.« Die Weiß wendet sich triumphierend zu Kienast.

»Setzens sich«, sagt das Kohlenweib gemütlich und schiebt ihr einen Sessel hin.

»Wie sie damals den Anfall auf der Straße gehabt hat, wollt er gerade mit ihr zur Bank, um das Geld zu beheben. Aber sie war ganz verwirrt und hat das Losungswort nicht gewußt. Er hat sie ins Sanatorium bringen müssen, und ich hab ihrer Mutter telegraphiert. Die ist gekommen und hat das Geld behoben.«

»Warum hat sie ihm das Geld nicht geben wollen, er ist doch ihr Mann!« rügte die Greisslerin.

»Er hat ohnehin ihre Mitgift gehabt, jetzt wollt er auch noch ihr Erbteil, wie eine Bettlerin hätt sie leben sollen, sie ist doch aus reichem Haus!«

»So! Sie ist reich? Das ist etwas anderes!« fand die Greisslerin.

»Fünf Deka Fett kaufens immer«, schnaufte er.

»Trinkgeld gibt er nie!« raunzte die Bedienerin. »Die Pflegerin hat sich schon beschwert.«

Herr Iger trat ein. Er setzte eine Leidensmiene auf. Kienast schlich an ihm vorbei hinaus. Die Weiß entfernte sich ostentativ. Herr Tiger folgte ihr träge. Die Bedienerin nahm den Scheuersand und machte sich davon.

»Hàt, großartig, was die sich auftun! Was Sie sich schon draus machen, Herr Iger, viel geben Sie auf die Meinung der Leute?«

Er kaufte ein Viertelkilo Salz. Dann ging er rasch.

Sein Gesicht war verschwollen, die Augen klebten fest.

Der Kanal

I.

Achtzehn Mädchen saßen auf einer Bank, die hufeisenförmig durch das Lokal ging. Zweihundert waren vorgemerkt, aber für mehr als achtzehn war auf der Bank nicht Platz.

Vorne saß die Hatvany vor einem dicken Buch mit Adressen.

Die Gnädige trat ein und nahm Platz.

Dann musterte sie die Mädchen. Die Mädchen musterten sie zurück, sie waren eine geschlossene Überzahl.

»Ich brauche eine ›Hausgehilfin‹, so sagt man doch jetzt. Sie muß selbständig kochen, räumen, waschen und nähen. Ich reflektiere auf Jahreszeugnisse.«

»Gewiß, Goldene, recht haben Sie! Anna! Stehen Sie auf!«

Vier Mädchen standen auf. Und so wie sie standen, blickten sie unterwürfig drein. Denn jetzt schützte sie nicht mehr die Zahl.

»Anna Kozil«, sagte die Hatvany und drei Annas setzten sich.

»Ich mache Sie gleich aufmerksam, Frau Hatvany, daß ich keine Einschreibgebühr zahle. Man schickt mir die Mädchen dutzendweise ins Haus. Ich komme zu Ihnen nur, weil Sie mich gebeten haben.«

»Wo hat man gehört, daß der Brotgeber zahlt! Dafür daß er Brot und Geld gibt, überlassen Sie das mir, Süße, zu zahlen ist nichts.«

»Eine Burgenländerin darf es nicht sein!«

»Gott soll hüten! Was brauchen Sie eine Burgenländerin! Eine Deutschböhmin ist sie. Aber sagen Sie, Herzchen, was haben Sie gegen die Burgenländerinnen?«

»Die Burgenländerinnen sind alle schwachsinnig.«

»Anna! Zeigen Sie ihre Zeugnisse! Ein Prachtmädchen! Sie hat Ihren Posten selbst verlassen, sie will fünfzig Schilling Lohn, das war der Grund. Die Frau weint heut noch um sie.«

Die Gnädige las die Zeugnisse.

»Es steht aber nicht drin, daß sie selbständig kochen kann, hier steht nur kochen.«

»Gnädige Frau brauchen nur an meinem letzten Posten anzurufen«, flehte das Mädchen.

Die Hatvany hatte bereits die Muschel am Ohr und reichte sie der Gnädigen hin.

»Kann Ihre frühere Hausgehilfin Anna Kozil selbständig kochen? Ganz selbständig? Und servieren? Danke.«

Das Mädchen bekam rote Flecken.

»Lohn verlangt sie nur fünfzig Schilling, das ist nicht viel«, sagte die Hatvany.

»Der Lohn würde mir nichts machen, es ist nur,

daß sie Anna heißt. Meine Schwester heißt nämlich Anna, sie könnte sich beleidigen.«

»Nennen Sie sie Pepi oder Mizzi, Goldene.«

»Haben Sie nicht vielleicht eine Mizzi, das wäre mir lieber.«

»Mizzi Schadn!«

Ein sehr langes Mädchen stand auf, wie eine Stange, die sich hebt.

»Schadn? – Nein. – Was ist mit dieser hier?«

»Eine Perle. Ein fünfundzwanzigjähriges Zeugnis. Auszeichnung der Stadt Wien. Sie war treu bei ihren Brotgebern, bis alle gestorben sind. Erst der Herr, dann die Frau, dann der Sohn und die Schwiegertochter. Mehr kann man nicht tun.«

»Ich fürchte, sie wird sich nichts sagen lassen, ich habe es nicht gern, wenn ein Mädchen zu selbständig ist. Wie alt sind Sie?«

»Vierzig, es war mein erster Posten.«

»Ich hätt lieber eine Jüngere, nur putzsüchtig darf sie nicht sein.«

»Marie Zaundl!«

»Ist die nicht zu schwach? Zeigen Sie einmal Ihre Beine her.«

»Bitt Sie, Goldene, lesen Sie das Zeugnis. Dabei geht sie um fünfundvierzig, nur damit sie einen guten Posten bekommt. Jeder Posten ist ihr schlecht. Seit einem Monat sitzt sie mir da herum.«

Zeugnisse wurden besichtigt, Kenntnisse gebucht, der Lohn wurde herabgesetzt, endlich entschloß sich die Gnädige.

»Sie kann gleich mitkommen!«

»Die zwanzig Schilling bringen!« flüsterte die Hatvany der Zaundl zu. Nach einer Weile kam ein dickes Weib, an der Leine zog sie einen dicken Hund.

»Endlich, Frau Zenmann! Endlich sind Sie da! Also, was ist, Herzerl, nehmen Sie die Steffi? Drei Posten hat sie schon ausgeschlagen! Nur zu Ihnen will sie!«

»Weil ich's versprochen hab, komm ich halt. Die Meine wird ins Wasser gehn, ich hätt sie ja g'halten, aber weil ichs Ihnen schon versprochen hab!«

»Nur nicht halten! Wenn man gekündigt hat, weggeben! Steffi, gehn Sie gleich mit der Frau Zenmann.«

»Aber wo, heut kann ichs noch nicht brauchen. Die Meine geht erst morgen. Kann ichs Hunderl vielleicht ein bisserl da lassen? Ich hab noch was zu kaufen.«

»Selbstverständlich, lassen Sie den Hund da, wir binden ihn an. Soll die Steffi vielleicht tragen helfen?«

»Nein, zu tragen is nix, nur den Hund lassens mir nicht auf die Gassen, es is ein Weiberl und sie mag das net. Ich komm gleich, ich hätt sie im Geschäft lassen, aber sie vertragt sich net mit mein Mann. Ich geh nachher mit ihr zum Doktor.«

Kaum war die Zenmann gegangen, als der Hund jämmerlich zu winseln begann. Dann legte er sich auf den Boden und krümmte sich in Wehen.

»Um Gotteswillen, das Tier wirft Junge und gerade hier bei mir! Anna! Führen Sie sie hinaus und binden Sie sie draußen an! So eine Schweinerei!«

Die vier Annas standen auf.

»Nicht alle vier! Immer müssen alle vier aufstehen. Sollen die andern sitzen bleiben, wenn eine aufsteht.«

Der Hund wurde hinausgeführt.

Eine Dame trat ein, in einem schwarzen Mantel. Sie hatte weite dunkle Augen. Sie grüßte freundlich.

»Ich möchte ein gesetztes Mädchen«, sagte sie.

Die Mädchen krochen ganz zusammen, jede machte sich gesetzt. Die Dame hatte so ein nettes Wesen.

»Therese Schrantz!«

Die Hausgehilfin mit dem Vierteljahrhundertzeugnis stand auf.

»Sie ist dabei noch nicht alt, es war ihr erster Posten.«

»Sie gefallen mir sehr gut«, sagte die Dame, »aber Sie werden sicher einen hohen Lohn beanspruchen.«

»Sechzig Schilling, mehr wird sie von Ihnen nicht verlangen. Gnädige Frau, Sie werden zufrieden sein! Und was das für ein Posten ist, Schrantz! Ein Honig ist die Frau! So was Gutes gibts nicht mehr! Stadtbekannt! Iger, Gelbe Straße, No 13«, notierte sie.

»Bitte, was ist zu zahlen?«

»Die Gebühr beträgt fünf Schilling, aber von alten Bekannten nehme ich nichts, keinen Groschen, einen schönen Gruß an den Herrn Gemahl, mein Ödön ist befreundet mit ihm!«

Frau Iger dankte bescheiden und ging, von der breiten Figur der Köchin gefolgt.

Der dickste Herr von Nieder-Österreich trat ein. Frau Hatvany rückte höflich grüßend den Sessel zurecht und sah sogleich das Unmögliche ein. Schnell gefaßt ließ sie noch einen Sessel daneben stellen. Der dickste Herr von Nieder-Österreich setzte sich auf zwei Sessel.

»Wie mein Bappa noch gelebt hat, hat er immer bei Ihnen die Madln gholt«, sagte er.

»Selbstverständlich. Ich erinnere mich noch ganz genau. Ein gescheiter Mann, ein Herrensohn.«

»Ja, der Bappa war. . .«

»Meine Susi haben Sie hinausgestoßen, grad wo sie Junge kriegt, die kann sich den Tod holen, von Ihnen nimm ich kein Madl, bhaltens sich Ihre Madln!«

»Entschuldigen Sie, Liebe, ich kann doch hier die Schweinerei nicht brauchen! Es kommen fortwährend Herrschaften!« Sie sah zu dem dicken Herrn hin.

»Wenn der Bappa jetzt leben tät, er hätt dem Viecherl hölfen können, er hat sich ausgekannt.«

»Ein gescheiter Mann war das.«

Von draußen hörte man die aufgeregte Stimme der Zenmann.

»Ich bitt Sie, Herr Kienast, Sie sind doch Vieharzt, ich wollt grad zu Ihnen, erbarmen Sie sich meiner Susi, es gibt so rohe Menschen.«

»Hàt, sagen Sie Herr von . . .«

»Tiegerl!«

»Tiegerl, ja richtig, wie der Herr Papa, bitte die Adresse hier aufzuschreiben, was wünschen Sie, Herr Tiegerl, eine Köchin?«

»Ja, das Madl muß kochen, denn seit der Bappa tot ist, hilft mir meine Frau beim Geschäft.«

»Wollen Sie sich vielleicht selbst eine aussuchen, ich kenn nicht Ihren Geschmack«, sagte die Hatvany.

»Suchens mir lieber selbst eine aus«, sagte Tiegerl träge.

»Mizzi Schadn!«

Herr Tiegerl machte ein Gesicht wie für ein Begräbnis. Es galt dem Entschluß, sich zu erheben. Endlich gingen ohne Schaden für ihn seine Massen hoch. Er verlangte kein Zeugnis, sondern nahm das Mädchen gleich mit.

»Die Gebühr ist fünf Schilling, aber weil ich mit dem Herrn Papa so gut bekannt war, kostet es nichts. Bitte mich weiterzuempfehlen.«

Herr Tiegerl nickte mit den Lidern und ging.

Herein trat ein junges Mädchen von überraschender Schönheit. Ein verwitterter Mantel hob diese Schönheit. Sie hatte Haar wie Lichtstrahlen und den Wuchs einer Zeder.

»Hàt, schon wieder kommst du mir zurück, Emma, was fällt dir ein, was ist geschehn, das ist jetzt der dritte Posten! Bei diesen Zeiten! In den Kanal stürzen sich die Mädchen und du kommst mir jeden zweiten Tag um einen anderen Posten. Was ist los? Da ist doch kein Mann im Haus!«

»Ich hätt massieren sollen«, sagte das Mädchen.

»Hättst du sie massiert! Was ist dabei! Sofort geh zurück und massier sie! Was tust du so vornehm! Stall putzen müßt ihr zu Hause. Aber eine Dame könnt ihr nicht massieren!«

»Es waren Herren zu massieren«, sagte das Mädchen mit Schamröte.

»Massier Herren! Sind auch keine Wölfe! Noch nie hast du einen Mann angerührt! Jede bringt ein Kind zur Hochzeit mit und im Dienst möchtet ihr Ansprüche machen!«

Das junge Mädchen begann ins Taschentuch zu

weinen. Eine Hausgehilfin winkte sie zu sich auf den Platz, wo die Schrantz gesessen hatte.

Sie setzte sich so verloren nieder, als wäre hinter den Kleidern eine verwunschene Prinzessin versteckt.

Herein kam eine opulente Erscheinung.

»Mein Kompliment, Frau Hofopernsängerin!« rief die Hatvany erfreut.

Die Sängerin lächelte, wie eben eine Diva lächelt. Sie setzte sich und dabei ging ihr Mantel auf. Ein purpurfarbenes Atlaskleid kam zum Vorschein, aus der Zeit der Raubritter. Es zeigte Spuren einiger Mahlzeiten.

»Ich brauche ein idiales Mädchen, liebe Frau, ich bin selbst idial und mein Mädchen muß auch idial sein. Sage mir, mit wem du gehst, und ich werde dir sagen, wer du bist. Bei mir hört ein Mädchen nie ein unfeines Wort, das ist noch nie über meine Lippen gekommen, ich ermahne sie, aber damit meine ich es ihr nur gut, denn wer dich liebt, der züchtet dich.«

»Schwester Leopoldine!«

Schwester Leopoldine trat vor und lächelte schwärmerisch.

»Hier haben Sie, was Sie brauchen, gnädige Frau Hofopernsängerin. Im Krieg war sie freiwillige Krankenschwester, sie ist ja ganz verzweifelt, seit der Krieg aus ist, weil sie sich nicht mehr der Pflege der Unglücklichen widmen kann. Jetzt muß sie in Stellung gehen, die Zeiten sind schwer, alles ist auf den Kopf gestellt. Nicht um die Welt möcht ich sie in ein gewöhnliches Haus geben, sie kocht, räumt, wäscht und näht wie ein Geist.«

»So! Sie sind Krankenschwester gewesen! Das ist recht! Das gefällt mir! Es muß etwas Wunderbares sein, sich für andere gewissermaßen aufzuopfern. Lassen Sie sich anschaun. Ganz ungeschminkt? Das gefällt mir! Ich habe die Tünche nicht gern, ich pflege zu sagen, die äußere Tünche verbirgt innere Defekte. Sehen Sie mich an! Die Haut wie Schnee, meine Wangen so rot wie Blut, mein Haar so schwarz wie Ebenholz, rühren Sie mich an, Frau Dienstvermittlerin, alles echt, mein Großonkel sagte immer Schneewittchen zu mir. Und in den feinen Kreisen, wo ich Zutritt hatte, hätte man gewiß nicht jede große Sängerin aufgenommen. Das waren Kreise! Sagen Sie, liebes Kind, können Sie gut bügeln? Ich brauche eine gute Büglerin, Sie verstehen, wenn ich als Königin von Saba auf der Bühne stehe, muß sich jede Falte sorgfältig legen.«

»Gnädige Frau Hofopernsängerin! Mit wem reden Sie! Schauen Sie sich das Zeugnis an! Zwei Jahre war sie Büglerin in einem großen Unternehmen, erste Büglerin, sie ist nur weg, weil dort kein Idealismus regiert hat, niemand hat ihr Schwester gesagt, sie reflektiert nämlich darauf, daß man ihr Schwester sagt.«

»Ich bin gerne bereit, ihr Schwester zu sagen, das paßt mir sogar ganz gut, das gibt einen Bon-Ton, wenn Gäste da sind. Was beanspruchen Sie Lohn, ich zahle nicht viel, denn ich stehe allein, wohl habe ich vornehme Gäste, aber da gibt es ein reichliches Trinkgeld, und wenn Sie sich bewähren, soll es nicht Ihr Schaden sein.«

»Am letzten Posten hat sie achtzig Schilling gehabt, zu Ihnen geht sie um siebzig.«

»Das ist mir zu viel.«

»Gnädige Frau, eine perfekte Köchin, eine gelernte Krankenpflegerin, Büglerin, alles in einer Person, was kauft sich so ein armes Mädel schon mit siebzig Schilling.«

»Ja, das mag sein, aber man muß sich nach der Decke strecken. Unsere Gagen sind auch reduziert worden. Ich wollte nur fünfzig geben.«

»Also geben Sie sechzig, gnädige Frau, Sie werden mich segnen.«

»Ich gebe fünfundfünfzig. Man steigert ohnehin, wenn man zufrieden ist. Meine Adresse finden Sie im Telephonbuch, Meta von Ders, Opernsängerin. Ich erwarte Sie um sieben Uhr früh. Sagen Sie, verkühlen Sie sich leicht? Wenn Sie sich leicht verkühlen, kann ich Sie nicht nehmen! Für das Gold in der Kehle sind Infektionen Gift!«

»Ich hab den ganzen Winter nicht einmal einen Schnupfen.«

»So ists recht, grüß Gott, liebe Frau, grüß Gott, Schwester, auf morgen.«

»Nächsten Monat pünktlich den halben Lohn bringen, Schwester. Hàt, da sind Sie wieder, Herr Tiegerl!«

Hinter Tiegerl erschien dünn wie ein Faden die Mizzi Schadn.

»Die Mamma hat gsagt, sie ist zu schwach.«

»Was, Ihre Mamma lebt noch?«

»Freilich, sie ist doch erst dreißig, das Kind ist doch erst vier.«

»Ach so, entschuldigen Sie. Anna, stellen Sie doch einen Sessel hin.«

Die vier Annas blickten einander an, jede war auf dem Sprung, aber keine rührte sich.

Dann standen alle vier auf einmal auf und stellten den Sessel hin.

»Katharina Bodil, ein kräftiges braves Mädchen, ich geb sie Ihnen nur, weil ich weiß, was für ein guter Posten es ist. Lohn fünfzig Schilling.«

Der dickste Herr von Nieder-Osterreich zwängte sich seitlich durch die Türe und ging.

Frau Vaß trat ein.

»Hàt, du bist es, Schwester, grüß dich Gott! Was ist los?«

»Die letzte taugt nicht«, sagte Frau Vaß leise.

»Komm morgen, heut ist keine da.«

»Was ist mit der Jungen dort, die gefällt mir.«

»Nichts wert, fang dir mit der nichts an.«

»Aber sie gefällt mir. – Ich werde sie schon erziehen.«

»Emma, komm her!«

»Wie alt sind Sie, Kleine? Das heißt, Kleine kann man nicht gut sagen, sie ist groß, groß wie einundzwanzig.«

»Fünfzehn«, sagte Emma.

»Ich habe einen glänzenden Posten für Sie. In einem Klub. Türen öffnen und auf die Pelze achtgeben, liebenswürdig mit den Gästen sein, das ist alles. Sie werden bei mir auch servieren lernen. Man geht spät schlafen und steht spät auf. Ich lasse bis zehn schlafen, auch bis elf. Ich zahl nur zwanzig Schilling, aber jeden Abend gibt es Trinkgelder, zwischen fünf und zehn Schilling. Hundert Schilling monatlich kann sie nach Hause schicken.«

Das schöne Mädchen blickte zweifelnd auf die Schwester der Frau Vaß.

»Hàt, wird dir vielleicht meine Schwester auch nicht recht sein! Für ein bißchen Liebenswürdigkeit kriegst du hundert Schilling. Such dir noch so einen Posten. Sie kommt abends, verlaß dich auf mich.«

Frau Vaß winkte ihrer Schwester und ging. Die Mädchen kicherten. Die Hatvany sah aus, schwarz und böse wie die Großmutter des Teufels. Und daß sie eine Schwester hatte, die genauso aussah, war unglaublich.

Ein Auto hielt vor dem Büro. Dem Auto entstieg eine sehr bleiche junge Dame. Als sie eintrat, blickte sie auf die Mizzi Schadn, als wäre diese eine wiederauferstandene Tote aus dem engsten Familienkreis.

»Dieses Mädchen nehme ich«, sagte sie ohne Einleitung.

»Küß die Hand, Frau Baronin. Wie steht das werte Befinden? Was ist mit der Früheren? Wo ist sie?«

»Sie ist mit dem Chauffeur durchgegangen«, sagte die bleiche junge Dame und ließ die Augen nicht von der Mizzi Schadn ab.

»So ein Trampel, die wird sich alle Haare ausraufen.«

»Kommen Sie sofort mit, Fräulein!«

»Bitte, ist große Wäsche zu waschen?«

»Hàt, ist keine Wäsche im Haus, fragen Sie nicht viel und gehen Sie, das ist ein besonderer Glücksfall dieser Posten, da möcht sich jede glücklich schätzen, ich selbst ginge sofort. Was belieben zu zahlen, gnädige Frau Baronin?«

»Achtzig Schilling!«

Die Baronin schien es sehr eilig zu haben. Sie war kaum in den Raum getreten.

»Vierzig Schilling bringen«, flüsterte die Hatvany der Mizzi Schadn zu.

Die blasse Dame setzte sich an den Volant und die Mizzi mußte einsteigen. So fein hatte sie es noch nie im Leben gehabt.

Drinnen im Lokal stand eine Hausgehilfin auf mit einer Zahnlücke. Ihr Gesicht war ein Dreieck. Sie wartete, daß Frau Hatvany die neuen Adressen in das dicke Buch eintrug und ausrechnete, wieviel jedes Mädchen vom Lohn auf sie abzuzahlen hatte.

»Was willst du, Emilie?«

»Ich möcht die gnädige Frau bitten, mich dranzunehmen. Jetzt sitz ich schon fünf Monate hier. Ich eß schon lang nichts anderes als Brot.«

»Brot ist nicht so schlecht, Gott gebs, jede hätt Brot! Andere warten sechs Monate. 179 sind vorgemerkt. Mit dir ist das nicht so leicht. Jede Dame sucht sich die Kräftigen aus, oder einnehmendes Äußeres. Sei froh, daß du Brot hast.«

»Die Kostfrau will mich auf die Straße setzen.«

»Geh ins Obdachlosenheim.«

»Auf der Polizeidirektion ist ein Heim für Hausgehilfinnen«, sagt eine Anna nett.

»Ja, aber nur wenn sie Selbstmord begangen haben. Wenn eine von euch heutzutage ins Wasser springt, macht sie direkt ihr Glück. Herausgefischt wird sie und kommt zur Polizeidirektion. Dort kann sie leben, wie der Herrgott in Frankreich.

Kost und Quartier, bis sie einen Posten hat. Sogar den Posten verschafft man ihr unentgeltlich. Die reinste Schmutzkonkurrenz, wir zahlen die Steuern und die Polizei vermittelt Posten. Ich steh mir was aus bei dem Beruf. Na, machen wir Schluß für heute.«

II.

Der Verräter an den Mägden ist ihr Blick. Die Wahrheit darin ist verschüttet, das Ziel ist ausgepeitscht. Sie wissen nicht, daß nicht *sie* sich erniedrigen. Und nur zuweilen ahnen sie es.

Das war der Fall bei dem schmalen Mädchen, das im Dienstvermittlungsbüro der Hatvany auf eine Stelle wartete, bereit, für geringen Lohn den Schmutz der andern zu putzen. Den Schmutz, den man ihr zumutete, putzte sie aber nicht.

Sie hieß Mizzi Schadn und wurde von der blassen jungen Baronin vom Büro weg in ein Palais gefahren. Zuerst saß sie ganz am äußersten Rand des Wagensitzes, so peinlich war ihr diese Umkehrung, sie, die Mizzi im Wagen und die Baronin am Chauffeursitz, aber dann schüttelte sie der Wagen und sie lehnte sich zurück und einige Straßen weiter fand die Mizzi Schadn schon, daß sie sich, lang und dünn wie sie war, vornehm ausnahm und sie lugte sogar nach dem Effekt aus, den sie auf die Vorübergehenden machen mochte, denn der Mensch gewöhnt sich blitzschnell an das Behagen.

Vor einem herrschaftlichen Haus hielten sie an. Die Baronin stieg aus, die Mizzi sprang ihr nach und folgte ihr einen marmornen Aufgang hinauf. Rote Teppiche bedeckten die Stufen, rote Quasten hingen am Geländer und als Glockenzüge. Die

Baronin zog aber nicht an der Glocke, sondern sperrte auf. Ein langer Korridor führte zu einer solchen Unmenge Appartements, daß die Mizzi die Türen gar nicht zählen konnte. Die Baronin öffnete wahllos einige Zimmer und ließ die Mizzi hineinschauen. Dicke Teppiche, Atlasvorhänge, Silbergeschirr, Kristalleuchter, alles musterhaft gepflegt, obwohl weit und breit kein dienender Geist zu sehen war. Aber die Mizzi wurde gleich beruhigt, zwei Bedienerinnen räumten am Vormittag auf und die Baronin nahm die Mahlzeiten im Restaurant, es blieb nichts weiter zu tun, als morgens das Frühstück zu bereiten und abends das Bett zu richten.

Hierauf wurde die Mizzi mißtrauisch, denn dafür kriegt ein armes Mädchen doch nicht achtzig Schilling bezahlt, und ihr Mißtrauen wuchs, als die Dame auf die Flucht herrlicher Zimmer wies und sie ersuchte, sich eines auszusuchen. Die Mizzi schielte in die Küche nach der Kammer, die ihr in ihrer Lage viel behaglicher dünkte, aber eine Kammer gab es nicht. So betrat die Mizzi das Zimmer neben dem Schlafzimmer der Baronin, es hatte Perserteppiche gar bis zu den Wänden hinauf und auf Tischen und Betten. Die Mizzi stellte ihr schäbiges Köfferchen neben ein Prunkbett und wagte nicht zu fragen, wohin sie mit ihrer armseligen Habe sollte, und es kam auch nicht dazu, denn schon gab ihr die Dame eine Geldnote und ersuchte sie, im nächsten Restaurant ein Nachtmahl zu essen. Die Mizzi stieg mit der Note in der Hand den roten Teppich hinunter und bald kam ihr alles vor wie ein Theaterstück, in dem sie selbst mitspielte, bald schien ihr alles nicht geheuer und sie fürchtete, es würde zusammenbrechen. Sie aß beim Selcher eine Wurst, stieg wieder die roten, weichen Teppiche hinauf und zog an der schweren Wollquaste. Als sie aber der Baronin bei der Türe das Silbergeld zurückgeben wollte, schob diese es wortlos zurück und die Mizzi hatte in ihrer Börse plötzlich einen Haufen Geld sitzen. Richtig freuen konnte sie sich übrigens nicht. Sie lauschte auf einen Glockenzug, ein Telephongespräch, auf irgend etwas, das sich ereignen würde, aber das Haus war ruhig wie ein verwunschenes Schloß. Und als die Mizzi das Bett gerichtet und eine gute Nacht gewünscht hatte, als sie endlich sogar in einem weißen Prunkbett lag und alles um sie ruhig war, erwartete die Mizzi nichts Ungeheuerliches mehr, pries ihr Schicksal und drehte sich zur Wand, um zu schlafen.

Und gerade in diesem Augenblick geschah das Ungeheuerliche. Im Nachtgewand trat nämlich die Baronin ein und legte sich zu ihr ins Bett.

Die Mizzi sah es erschrocken mit an, doch verlor sie auch sogleich den Respekt vor solch einer Dame.

»Was macht die Gnädige?« sagte sie. »Bleibt die Gnädige hübsch in *ihrem* Bett!«

»Lassen Sie mich«, bat die blasse Baronin bebend, »lassen Sie mich bei Ihnen bleiben, Sie sind so schön! Ich liebe Sie!« Ihr Körper zitterte mitleiderregend.

Die Mizzi aber war über das Lob ihrer Schönheit nicht ein bißchen geschmeichelt. Denn wenn es verkehrt kommt, freut es einen nicht.

»Geht die Gnädige sofort, oder muß ich aufstehen«, sagte sie daher und setzte sich auf. Auch die Dame setzte sich auf. Beide weinten. Die Dame weinte, weil die Mizzi nicht willig war und die Mizzi weinte, weil es so zugeht in der Welt.

Nachdem sich beide ausgeweint hatten, suchte die Baronin der Mizzi zuzureden und erreichte zuletzt, daß die Mizzi ihr erlaubte, bis zum Morgengrauen neben ihr zu liegen, wie durch ein Schwert getrennt. In aller Früh stand die Mizzi auf, kleidete sich rasch an und verabschiedete sich. Die Baronin warf ein prächtiges Morgenkleid über und begleitete die Mizzi bis zum Gang, indem sie unaufhörlich ihre Schönheit pries. Und da geschah es, daß die Mizzi Schadn ihren weglosen Blick verlor, es blitzte lustig in ihren kleinen Augen, als sie die feine Baronin im Atlaskleid noch ein letztes Mal um ihre Gunst betteln sah, um die Gunst der Mizzi Schadn aus Stuben im Burgenland.

Als sie über die Gelbe Straße ging, rümpfte sie die Nase über den Ledergeruch und über die Zurufe der Lederhändler, denn jetzt, da dem Erlebnis die Nähe fehlte, schien es der Mizzi Schadn nicht ohne, daß eine so feine Baronin sie mit Liebesanträgen verfolgte. Siegessicher tanzte sie ins Büro hinein.

»Was ist, Mizzi? Bringen Sie mir schon das Geld? Ja, die Baronin, das ist eine Dame, da sieht man gleich was Adel ist!«

»Bitte, ich kann auf dem Posten nicht bleiben.«

»Was! Auf *dem* Posten können Sie nicht bleiben! Sagts mir, was muß das für ein Posten sein, auf dem ihr bleiben könnts! Kommen Sie mir nicht mehr her, wenn Sie auf so einem Posten nicht bleiben können!« Die Hatvany spuckte Gift.

Die Mizzi Schadn errötete zwar, doch war sie durchaus nicht eingeschüchtert, vielmehr machte sie ein Gesicht, als wisse sie es besser, und setzte sich neben ihre Freundin, die Anna Fasching, um ihr alles zu erzählen. Ihr interessanter Bericht wurde durch einen Ausruf der Hatvany unterbrochen.

»Um Gotteswillen, Schrantz! Sie kommen doch nicht auch zurück! Was fällt Ihnen ein! Machen Sie keine Gschichten, Sie mit ihrem Alter! Weil Sie das lange Zeugnis haben, das genügt heute nicht, über vierzig nimmt man kein Mädchen, kommen Sie mir nur nicht zurück!«

Die Therese hatte ein so redliches Gesicht, daß es

schwer war, darin auch noch zu lesen, wie beleidigt sie sich fühlte.

»Ich brauche keinen Posten, ich bin nur melden gekommen, daß ich mir selbst einen neuen Posten gefunden habe. Ich bin weg von dort.«

»Da haben Sie aber Glück! Anna Fasching, gehen Sie sofort zu Iger, Gelbe Straße 13, bevor sie sich ein anderes Mädchen nimmt.«

Die Therese ging und die Anna folgte ihr.

»Warum sind Sie eigentlich weg?«

Es war aber nicht leicht, etwas aus der Therese herauszukriegen, sie gehörte zu den Dienerinnen, die schweigen. Über die Dame, deren Dienst sie eben verlassen hatte, ließ sich auch nichts sagen. Ja, als die Therese den Posten bei Igers antrat und mit der Dame in der Küche arbeitete, sah sie, daß dies der zweite Posten ihres Lebens sein würde, und telephonierte ihrem Bruder um den großen Koffer. Gegen Abend kam die Bonne mit den Kindern heim und der Therese gefiel es nicht, daß die Bonne geschminkt war. Das kleine Mädchen zupfte ungezogen an ihrem Rock und stieg in der Küche auf den Möbeln herum.

Spät abends kam der Herr. Er hatte überhaupt keine Augen, sondern nur Geschwülste im Gesicht. Beim Nachtmahl schrie er unangenehm und Therese verstand, daß von Geld die Rede war. Dem Herrn wurde das Bett im ersten Zimmer gerichtet,

128

der Dame im dritten. Nachts trug ihm die Bonne den Tee zum Bett und kam erst nach einer Stunde in die Kammer zurück.

Als die Therese am nächsten Morgen das Licht im Zimmer des Herrn andrehen wollte, weil sein Kragenknopf vom Tisch hinuntergerollt war, entdeckte sie, daß alle Lampen des Lüsters locker gedreht waren.

Nach dem Frühstück kam die Dame in die Küche, besprach mit der Therese den Küchenzettel und ließ sich von ihr beraten. Sie reichte der Therese eine Geldnote und ging in ihr Zimmer. Nach einer Weile kam Herr Iger heraus, gerade als die Therese sich anschickte zu gehen.

»Wieviel Geld hat Ihnen die Frau zum Einkaufen gegeben?« fragte Herr Iger intim.

»Das erfahren der Herr am besten von der Dame selbst«, antwortete Therese.

»Sind Sie nicht dumm, die Frau ist verrückt, sie ist erst aus dem Narrenhaus heraus, ich bin für sie haftbar, ich muß sie kontrollieren.«

»Das habe ich nicht bemerkt«, sagte Therese, »und die Dame ist bestimmt nicht zu kontrollieren.«

»Wenn Sie frech sind, fliegen Sie!«

»Da geh ich lieber selbst«, sagte Therese. Aber sie besorgte noch den Einkauf, richtete der Dame alles bereit und dann erst kündigte sie auf.

»Mir ist sehr leid, daß Sie gehen.« Frau Iger zuckte mit den Wimpern.

»Ich geh auch nicht wegen der Dame«, sagte die Therese, aber mehr sagte sie nicht.

»Wenn Sie schon nicht bei mir bleiben wollen, dann fragen Sie drüben im Seifengeschäft an; gestern hat mir die alte Frau gesagt, daß sie ein verläßliches Mädchen brauchen. Es sind nur zwei Personen. Warten Sie, ich schreib Ihnen ein paar Zeilen. Die Tochter ist verwachsen.«

Therese bedankte sich, schüttelte mit ihren harten Fingern die weichen der Frau Iger und ging sofort ins Seifengeschäft hinüber.

Unter einer Nische von weißen Schachteln saß im Kindersessel die Runkel, nicht mehr als einen halben Meter groß, wenn sie saß. Die Runkel besichtigte mit Staunen das Vierteljahrhundertzeugnis, las zufrieden das Empfehlungsschreiben der Frau Iger und begann, die Köchin über ihre Kenntnisse auszufragen.

Die Mutter der Runkel stand in ihrer ganzen Länge hinter ihrer Tochter und bewunderte ihre Tüchtigkeit.

»Was nennen Sie perfekt kochen? Wie machen Sie den Kohl?«

»Wir haben ihn in Salzwasser gekocht und mit Butter übergossen.«

130

»Falsch. Bei mir wird er mit Kartoffeln gekocht.«

»Mit Kartoffeln, Pfeffer, Knoblauch und einge-
branntem Mehl kann man ihn auch zubereiten.«

»Die ganze Wäsche ist im Hause zu waschen.«

»Bei meiner Herrschaft hab ich sie für fünf Personen gewaschen.«

»Gebürstet wird täglich. Aber bei mir muß vorher unbedingt der Staub von den Parketten abge-
wischt werden.«

»Ja, freilich, sonst bürstet man ihn ein.«

»Sie müssen mich im Wagen führen«, sagte die
Runkel rauh.

»Der gnädige Herr war die letzten Jahre gelähmt,
nur ich hab ihn führen können.«

Jetzt erst sah die Runkel auf. Die Therese war
vierzig, aber die Falten in ihrem Gesicht waren
hundert Jahre alt.

Befriedigt sagte die Runkel: »Ausgang haben Sie
nur alle vierzehn Tage.«

»Ich fahr nur einmal im Monat zu meinem Bruder, sonst mach ich Sonntag lieber eine Handar-
beit.«

»Sie sind fix aufgenommen«, schrie die Runkel.
»Ich zahle sechzig Schilling. Gehen Sie jetzt gleich
hinüber in meine Trafik und verlangen Sie Meldezettel, Sie werden sich gleich anmelden.«

Die Therese stand unschlüssig, sie verstand das
nicht recht mit der Trafik.

»Das ist *meine* Trafik. Bringen Sie Meldezettel, die Poldi wird sie Ihnen schon geben.«

Die Therese ging in die Trafik und bekam wirklich die Meldezettel, ohne viel zu reden. Sie brachte sie und wollte sie auch selbst ausfüllen, ihre Schrift war deutlich, aber bei jeder Rubrik dachte sie erst nach.

»Geben Sie her.« Die Runkel hatte mit den kralligen Fingern die blauen Scheine im Augenblick ausgefüllt.

»Die Polizeistube ist am Ende der Straße bei der Brücke. Kommen Sie nachher gleich zurück. Ihr Zeugnis bleibt hier.«

Die Therese ging zur Polizei, um sich anzumelden, und berichtete bei dieser Gelegenheit, daß das Dienstvermittlungsbüro in der Gelben Straße eine unerlaubt hohe Gebühr eintreibe.

»Das ist heute nicht die erste Anzeige«, sagte der Beamte zufrieden und holte ein Blatt heraus.

Als die Therese wieder zum Seifengeschäft kam, thronte die Runkel schon im Kinderwagen davor. »Ich wohne No. 17, gleich auf dieser Seite.«

Die Therese fuhr mit dem Kinderwagen so geschickt und so ganz ohne Bemerkungen, daß die Runkel so etwas wie ein Gefühl für sie bekam.

In der Gelben Straße 17 machte sie halt. Die Therese fuhr den Kinderwagen ins Haus hinein und den Gang entlang, und jetzt blickte die Mutter der Runkel auf ihre Tochter im Kinderwagen und bekam Herzklopfen. Da aber die Runkel keine Miene machte, sich zu rühren, beschloß die arme Frau, das Wort selbst zu sagen. Gerade wollte sie den Mund auftun, da kam ihr die Therese zuvor.

»Ich werde Sie ohne den Wagen hinauftragen, den Wagen hole ich später.«

»Der Wagen kann unten bleiben«, sagte die Runkel.

Die Therese hob ihre seltsame Herrin aus dem Kinderwagen, ohne auch nur für einen Augenblick ihre Ernsthaftigkeit zu vergessen. Sie trug die Runkel in ihren Armen die Stufe hinauf in die Wohnung.

Die Runkel sah jetzt aus wie ein Rabe. Wie ein Rabe, der an den Füßen gehalten wird und nicht wegfliegen kann.

Oben im Wohnzimmer mußte man der Therese nicht erst sagen, daß der Kindersessel beim Fenster für die Runkel bestimmt war. Im Sessel hatte die Runkel ihre Sicherheit wieder und griff nach einer Häkelarbeit.

Die Therese ging hinaus und kam mit etwas Weißem und Spitzem ins Zimmer. Es war auch eine Häkelarbeit und ganz zufällig dasselbe Muster, das die Runkel eben arbeitete. Und dann sah sie sich das Zimmer näher an. Da waren alle Flächen in dem großen Zimmer mit schweren Spitzen und Stickereien belegt, alle von den Kinderhänden der Runkel verfertigt, da waren Vorhänge über die ganze Breite der Fenster, da war eine gestickte Bettdecke, duftig und kostbar wie für eine Braut. Und als die Therese den gediegenen Prunk der Runkel sah, den Reichtum von so armen Händen, wußte sie, daß sie auf diesem Posten bleiben würde. Sie ließ sich von der Runkel die Netzarbeit erklären und bekam von ihr zuletzt den Rahmen, die Nadel und das Muster geschenkt.

»Die Vorhänge wasch ich zu Hause«, sagte die Therese und strich mit rauher Zärtlichkeit über die Filetarbeit.

»Die verziehn sich beim Bügeln.«

»Ich laß mir zwei Rahmen machen und spann sie zum Trocknen ein.«

Die Runkel bückte sich über ihre Häkelarbeit. Die Therese ging in die Küche, um das Essen zu servieren. Die Bedienerin vom Sanatorium hatte es bereitet, sie arbeitete aushilfsweise bei der Runkel.

»Was sag'n S' zu dem Gsicht?« sagte sie zur Therese. Die hatte dazu nichts zu sagen. Sie hatte in ihrem arbeitsreichen Leben nicht gelernt, Gesichter zu unterscheiden. Sie fand die Runkel zwerghaft klein, aber am Gesicht hatte sie nichts Besonderes bemerken können.

»Und die Plag! Sie könnens doch immer tragen, die kann keinen Schritt gehn!«

134

»Kinder sind ärger!«

Die Therese trug das Essen auf. Nach dem Essen fuhr sie die Runkel zurück ins Geschäft, aber auf der anderen Seite, weil die Runkel erst in der Trafik Nachschau halten mußte. Als sie bei der Hatvany vorbeikamen, sah die Therese weg, so zuwider war ihr diese Person.

Aber dann hörte man ihre grobe Stimme bis auf die Gasse:

»Gehts ins Wasser! Das ist das Beste für euch!«

»Was ist denn los?« fragte die Runkel neugierig.

»Die möcht eine jede ins Wasser schicken, die ihr nicht paßt!«

»Gehen Sie schnell hinein, sagen Sie ihr, ich brauch kein Mädchen mehr und hören Sie zu, was los ist.«

Die Therese schob den Kinderwagen zur Seite und ging hinein. Vor lauter Zorn bemerkte die Hatvany sie nicht, so schrie sie auf ein Mädchen ein. Wer das Mädchen war, erkannte die Therese erst an der Stimme. Hatte *die* sich das Haar abgeschnitten! Es hing wie nasse Pinselchen unordentlich übers Gesicht.

»Wenn dir meine Schwester *auch* nicht paßt, dann scher dich!« schrie die Hatvany. »Von mir bekommst du keinen Posten mehr, das sag ich dir!«

»Ich bin nur um mein Zeugnis gekommen, einen Posten will ich ohnedem nicht. Meine Geschwister erlauben garnicht, daß ich von Ihnen in einen Posten eintret'.«

»Verlaß das Lokal!« schrie die Hatvany.

Die Emma nahm ihr Zeugnis.

»Warum hast du dir denn das Haar abgeschnitten?« sagte die Therese vorwurfsvoll zu ihr, sie glaubte, daß das der Grund der ganzen Aufregung war.

»Ich hab mirs doch nicht abgeschnitten!« Die Emma begann zu weinen.

«Hinaus mit dir, heul draußen. Komm mir nicht mehr her.»

Die Emma ging und die Therese folgte ihr nach, ohne zur Hatvany zu sprechen, die war zu aufgeregt.

Die Emma erzählte draußen vor der Runkel, was ihr bei der Schwester der Hatvany passiert war.

Die Emma war bei der Frau Vaß am Abend vorher eingetreten. Sie erschien pünktlich um sechs im Klub und wurde von der Frau Vaß mit warmherzigem Lächeln empfangen.

In der Tat, ihr Lächeln war so warm, daß es der Emma bis in die Gedärme ging und ihr eine Übelkeit im Magen verursachte.

»Komm her, mein Kind«, sagte die Vaß und riß der Emma die Kappe vom Kopf. »Schöne Haare hast du, aber was machst du mit dem Zopf da? Wer trägt heute noch Zopf, das werden wir schneiden, gleich werden wir es schneiden!«

Die Emma bekam einen großen Schreck, denn sie war von einer guten Mutter. Das Weinen stand ihr nahe.

»Ich möcht's lieber behalten«, sagte sie.

»Blödsinn, mein Kind, setz dich hin, gleich ist das abgeschnitten, das kannst du in der Stadt nicht tragen, das ist bäuerisch, fürcht dich nicht, wann es dir nicht gefällt, kannst dus nachwachsen lassen.«

Die Vaß setzte die Schere an und der Emma war es, als würde ihr ein Stück Ohr abgeschnitten, ein Stück Nase, ein Stück Kinn. Sie traute sich aber nicht zu widersprechen und schluckte die Tränen.

Die Vaß legte den goldenen Zopf aufs Fensterbrett und jetzt sah die Emma genau so aus wie die armen Hündchen, denen man Schwanz und Ohren abschneidet.

»So mein Kind, schau dich an, wie schön du bist, ist doch schad, so eine Schönheit mit so einem Zopf. Nur die Hände hast du rot, aber das wird sich geben, bei uns ist keine grobe Arbeit und davon, daß man mit den Gästen liebenswürdig ist, bekommt man keine roten Hände. Jetzt kolben wir noch das Haar, nicht fürchten, ich verbrenn dich schon nicht.«

Die Emma stand auf mit einem ganz fremden Gesicht und einer Perücke darüber.

»Wie heißt du, mein Kind?«

»Emma Adenberger.«

»Das geht hier nicht. Hier wirst du Kitty heißen. Zieh das an!«

Die Emma mußte ihr warmes Barchentkleid mit den blauen Tupfen ausziehen und in ein gräuliches Seidenkleid schlüpfen, das schon abgetragen war. Aus Schlitzen und Ausschnitt sahen ihre weißen Arme und Schultern heraus.

»Jetzt setz dich und iß dich gut an. Trink den Wein aus, das stärkt dich. Bis ich dich rufe, kommst du und wirst servieren. Freundlich sein mit den Gästen, das ist die Hauptsache! Du kannst dein Glück bei mir machen! Die Vaß hat schon vielen Mädchen zum Glück verholfen.«

Die Emma aß die fein belegten Brötchen, aber immer noch fühlte sie den Ekel im Magen und vom Wein nippte sie nur. Durch die Glasscheiben sah sie die Gäste des Klubs ankommen, Damen und Herren, und sie wunderte sich, daß sie ihnen beim Ablegen nicht behilflich sein mußte, denn dazu war sie doch angestellt.

Die Gäste verschwanden hinter einer gepolsterten Türe, es wurde allmählich ruhig. Jetzt sah sich die Emma in der Küche um, in der sie saß, sie war groß, dunkel und nur das Geschirr, das zum Servieren vorbereitet lag, glänzte luxuriös.

Eine dicke alte Katze hockte auf dem Herd. Die

Emma nahm die Katze auf ihren Schoß und begann schläfrig zu werden, aber immer noch wurde sie nicht gerufen. Endlich senkte sie das Köpfchen und schlief sanft ein.

Sie erwachte durch ein rauhes Stechen am Hals. Blinzelnd öffnete sie die Augen, erinnerte sich der Katze in ihrem Schoß und daß die Mutter immer so schaurige Geschichten von Katzen erzählte, die in die Kehle bissen und das Blut austranken, bis man tot war. Die Emma wandte ihr süßes Oval verschlafen hin und her, aber eine Katze sah sie nicht. Plötzlich erschrak sie, über ihr Gesicht neigte sich ein Kater, ein alter Kater im Frack, steifen Hemd mit Brillantknöpfen und mit gelb gefärbtem Schnurrbart.

Die Emma rieb sich die Augen.

»Wie heißt du, Kleine?« fragte der Kater.

»Em – Kitty!« sagte die Emma, denn ein armes Mädchen muß gehorchen.

»Bist du schon vierzehn?« fragte der Kater und seine Lippen trieften.

»Fünfzehn«, sagte die Emma.

»So, du bist schon fünfzehn! Laß mal sehen, gib deine Hand her, fürcht dich nicht, wenn du nett zu mir bist, werde ich auch nett sein. Bei mir zu Hause hab ich einen Ring, der paßt genau auf den kleinen Finger da, einen Brillantring! Willst du ihn dir ansehn kommen?«

»Nein!« sagte die Emma und zog die Hand weg.

»Nicht? Warum nicht? Ich tu dir doch nichts? Ich geb dir mein Ehrenwort, ich tu dir nichts. Du schaust dir meine Ringe an und suchst dir einen aus. Was hast du da am Hals?«

Die Emma wich zurück, da kam zum Glück die Frau Vaß herein.

»Kennst du schon meinen Bruder, liebes Kind? Das ist die Kitty, unsere neue Servierdame.«

Die Emma sah auf das Lächeln der Frau Vaß und auf die pfiffig stechenden Augen des Herrn vor ihr, es lag so viel Überlegenheit in den Blicken der beiden, daß die Emma auf dem Sessel sitzen blieb, wie festgebannt, obwohl sie gerne davongelaufen wäre.

»Sei recht lieb zu meinem Bruder, er ist ein goldener Mensch, was wollt ihr hier?«

Zwei stark geschminkte Damen hatten die Küchentüre geöffnet.

»Der Bankier soll hineinkommen, Bankierchen, wo haben Sie sich denn verkrochen, kommen Sie doch!«

»Was geht das euch an, was schnüffelt ihr da herum?« schrie die Vaß.

Die Frauen hatten die Emma erblickt und jetzt sahen sie mit jener rätselhaften Überlegenheit drein, die die Emma so einschüchterte. Zum Glück war sie so unglücklich, daß sie herzzerbrechend zu weinen anfing.

»Na, wenn sie nicht will«, sagte Bankier Schleier und erhob sich. »Solche Malversationen hab ich nicht gern, das Exterieur allein genügt nicht; informieren Sie sich nächstens besser, ich bin doch kein Kindergärtner!« Er blickte perfid auf die Vaß und die Emma.

Die Emma verstand zwar nicht alles, fühlte aber die Gewitterstimmung und wollte sie auch gleich benutzen.

»Bitte um mein Zeugnis, ich geh.«

»Was für ein Zeugnis willst du?«

»Ich hab doch ein Neun-Monate-Zeugnis bei Ihnen von der Stelle, wo ich Kindermädchen war.«

»Da geh auch gleich wieder zurück, wenn man dich nimmt, so eine Gans wie du hat kein Paar! Ich hab kein Zeugnis, vielleicht liegt es bei der Schwester, geh jetzt, geh, mit dir kann man noch Scherereien haben.«

Die Vaß schloß die Tür hinter Bankier Schleier und den Damen, die ihre nackten Arme durch seine schlangen, und die Emma schlüpfte aus ihrer Toilette heraus in das behagliche Barchentkleid hinein, aber den Zopf konnte sie nicht wieder anziehen, der lag noch auf dem Fensterbrett, sie sah ihm wehmütig nach und ihr Kinn zuckte.

Die Vaß hatte den Blick bemerkt und versuchte ihr Gift zu schlucken.

»Ich werde meiner Schwester nichts sagen, geh

nur hin, sie verschafft dir schon wieder einen Posten.« Und sie schob die Emma zur Türe hinaus und zwickte sie dabei in den Arm.

Die Emma ging noch nachts zu ihrer Schwester Hedwig Adenberger, die war Bedienerin und wohnte in der Gelben Straße, die Emma erzählte ihr alles und gleich den nächsten Tag ging die Bedienerin Adenberger zur Polizeistube und meldete es. Die Emma aber schickte sie ins Büro der Hatvany ihr Zeugnis holen, darum fand die Therese sie da mit abgeschnittenen Haaren, die unordentlich über ihr Madonnengesicht hingen.

Als die Emma zu Ende erzählt hatte, schimpfte die Runkel draußen über die Hatvany und die Hatvany schimpfte drinnen und sah dabei wütend auf die Emilie Jaksch, weil die ihr schon so lang herumsaß und weil sie sich alles gefallen ließ.

Emilie Jaksch, dieselbe, die ihr am Tage vorher ihre Not geklagt hatte, war nicht ein bißchen erschüttert, als die Hatvany ihr fortwährend zurief, ins Wasser zu gehen. Vielmehr sah sie in den Worten der Hatvany einen Wink. Sie konnte sich noch immer nicht von dem Staunen darüber erholen, daß man sich für ein kaltes Bad in der Donau für immer versorgen konnte, noch dazu in so schweren Zeiten. Sie hatte nicht viel zu überlegen. Zur Kostfrau konnte sie nicht mehr zurück, die Mutter war ihr gleich nach der Geburt davongelaufen und der Vater war unehrlich und unwillig. Ihrer Jacke konnte nicht viel geschehen, die war ohnehin altmodisch geschweift und abgetragen, ihre Handtasche leer und selbst der Bügel daran zerbrochen. Und was das Leben anlangt, das man wagt, so kann sich ein armes Mädchen es eben nicht leisten, so weit zu denken.

Emilie ging auf den Kanal zu, dort wo der Wachmann bei der Kreuzung stand. Sie ging *einmal* an ihm vorüber, gerade da machte er das Querzeichen und sah sie nicht. Sie ging *zweimal* an ihm vorüber, da drehte er ihr den Rücken und gab das Kreuzzeichen. Emilie versuchte es ein drittes Mal, und jetzt bemerkte er sie. Er sah ihr ganz programmäßig nach, wie sie die dunklen Stufen zum Kanal hinunterstieg. Zur Vorsicht wartete Emilie auf ihn, sie wollte mit Sicherheit springen. Sie blickte ins Wasser und es gruselte sie vor der Kälte, aber springt nicht ein Dienstmädchen jeden Morgen um fünf aus dem warmen Bett in die Eiskälte, fast ist es wie ein Sprung ins Wasser, auch fiel ihr ein, daß sie die Jacke nicht ablegen wollte, sie hatte das unklare Gefühl, es würde ihr dann wärmer im Wasser sein.

Der Fehler war nur, daß der Wachmann nicht kam. Emilie blickte hinauf und sah seinen Schatten oben auf der Brücke Kreuz- und Querzeichen werfen, wurde schon entmutigt, da näherte sich ein

Mensch. Er kam näher und näher, ging das Geländer entlang und stand über ihrem Kopf, keine fünf Meter hoch.

Die Emilie war schon bei ihren Landsleuten als jäh bekannt und im Dienst war sie etwas schusselig und so sprang sie auch jetzt ins Wasser, bloß mit dem einen Passanten über ihrem Kopf. Sie stieß dabei einen Schrei aus, der war nicht berechnet, konnte aber nur nützen. Und jetzt machte die Emilie die Erfahrung, daß das Wasser nicht so leicht ist, wie man denkt. Es legt sich einem schwer auf den Körper, drückt den Kopf nieder, erstickt den Schrei, löscht das Auge aus und saust im Ohr. Emilie stak im Wasser, hilflos, rettunglos, wehrlos, sie hielt die Hand nach oben und winkte, aber gleichzeitig war sie sich bewußt, daß kein Mensch sie sehen würde, daß kein Mensch sie jetzt beachtete, wo sie fast tot war, wenn man sie doch früher nicht beachtet hatte, da sie noch lebte.

III.

»Ist sie tot?« fragte die Greisslerin.

»Nein, das Mädchen lebt, aber der Wachmann von der Kreuzung, der sie herausgezogen hat, liegt mit einer schweren Lungenentzündung und wird nicht aufkommen«, sagte die Weiß.

»So ein Unglück! Jetzt haben wir keinen Wachmann nicht! Der schöne Mann! Bleib sitzen, Susi!«

»Und weswegen haben sie das Lokal gesperrt?«

»Weil so viele Anzeigen gegen sie eingelaufen sind. Die Hatvany hat doch die Mädchen direkt ins Gewerbe hineingetrieben. Und über die Emilie Jaksch haben die andern Mädchen ausgesagt, daß sie sie ins Wasser gehetzt hat. Jetzt wird ihr die Lizenz entzogen und bestraft wird sie auch noch.«

»Ja, es gibt eine Gerechtigkeit!« sagte die Kohlenfrau.

Aber die Emilie lag im Spital. Sie lag da und wurde trefflich gepflegt. Und immer, wenn sie Anstalten traf aufzustehen, denn sie war doch ganz gesund, nicht einmal ein Schnupfen ließ sich feststellen, kam die Oberschwester und beschwichtigte sie, gerade als würde sie wieder ins Wasser springen wollen, dabei dachte sie doch gar nicht daran. Der Arzt trat dreimal am Tag an ihr Bett, verordnete doppelte Mahlzeiten, Bettpflege, Radio und lustige Bücher. Und als die Emilie entlassen wurde, kam sie in das Obdachlosenheim bei der Polizeidirektion, sie kam hin als die jüngste Selbstmörderin, deren Leid noch ganz frisch war, und wurde von den älteren Selbstmörderinnen mit Schonung behandelt, nur die vorletzte sah sie scheel an, weil sie jetzt nicht mehr im Mittelpunkt stand, aber keine war so taktlos, Fragen zu stellen, und das war der Emilie recht, denn sie hatte kein ganz fleckenreines Gewissen und in ihren Augen zeigte sich der listige Ausdruck, der ganz neu war.

Sie sitzt noch heute in dem Heim und die Schwester Amalia, die den Damen die Mädchen vermittelt, hat eine so robuste Art, die Herrschaften auszufragen, daß eine Gnädige mit schlechtem Gewissen sich gleich davonmacht.

Ja, so geht es zu. Wer das Leben wagt, bekommt Kost und Quartier, und wenn's gut geht, auch noch einen Posten.

Der Tiger

I.

Frau Andrea pflegte von sich zu erzählen, sie wäre als Kind recht häßlich gewesen und häufig kränklich. Von ihren Brüdern sprach sie mit viel Heiterkeit, besonders einer Begebenheit erinnerte sie sich, wie die Brüder nämlich eines Tages weiße Mäuse heimbrachten und jeder eine weiße Maus beim Schweif fassen und in den Mund stecken mußte. Sie erzählte es belustigt, aber doch mit ein wenig von dem Schrecken in den Augen und es schien, als huschten ihr beim Sprechen weiße Mäuschen übers Gesicht.

Frau Andrea wurde eigentlich wegen ihres Geldes geheiratet. In der Familie Sandoval fehlte es, und der Sohn wurde der Retter. Doch muß gesagt werden, daß die Ehe eine gute war. Es gab keine unhöflichen Reden im Hause, Frau Andrea gab ihr Geld der Familie Sandoval, und die Familie gab ihr dafür ihren Gatten.

Erst als Diana da war, setzte die Unzufriedenheit ein. Die Unzufriedenheit setzte ein, weil Frau Andrea ihre Seidenkleider zerschnitt, um der Puppe ihrer Tochter Diana Ballkostüme zu nähen. Mit dieser Handlung begann die Feindschaft der Familie, die ihr das Leben verleidete.

Zwar gab Herr Sandoval ihr immer sehr schonungsvoll wieder, was ihm seine Familie eingeträuft hatte, aber sobald es schicklich war, erhob sich die junge Frau vom Tisch, versteckte sich hinter den Gardinen und ließ die Tränen aus grüngrauen Augen auf den weichen Teppich fallen.

Diana wuchs heran und wurde zur Schönheit erklärt, und Frau Andrea vergaß sich jedes Mal so weit, es zuzugeben, freilich, ohne sich einen Augenblick zu sagen, daß das Mädchen ihr wie aus dem Gesicht geschnitten war.

Diana war auch nicht wie sie. Sie war herb und zeigte unbestechliche Ablehnung. Es trat aber die Prophezeiung der Familie nicht ein, Diana würde die Mutter verachten, weil diese ihr nachgiebig diente, es entstand im Gegenteil eine zärtliche Liebe zwischen den beiden, und die Familie Sandoval sah sich zurückgesetzt. Und noch eine Prophezeiung trat nicht ein. Frau Andrea verschwendete nicht ihr Vermögen und wurde ihrem Manne nicht zur Last, sondern das Umgekehrte geschah. Herr Sandoval kaufte eine Fabrik, gerade als der frühere Besitzer es für ratsam hielt, sie zu verkaufen, und in kurzer Zeit stand er vor dem Nichts. Da sich aber die Verarmung bei reichen Leuten nie in einem Tag zeigt, blieb Frau Andrea ruhigen Gemüts. Sie trug ihren Schmuck zum Pfandleiher, besorgte selbst den Haushalt und baute auf die ihr seit Jahren vorgeworfenen Fähigkeiten ihres Gatten. Als der Schmuck verfallen war, opferte sie die weichen Teppiche, und sie tat es ohne Klagen. Denn ihr Töchterchen gedieh vortrefflich und es war ein solches Wunder mit dem jungen Mädchen, ein Stück Lehm bekam Form unter ihren Fingern, Modelle entstanden in der Wohnung, sie hätte die berühmten Bildhauer unserer Stadt in Verwunderung versetzt, wäre es nicht eine Gepflogenheit der Berühmtheiten, aufblühende Talente zu übersehen.

Als der letzte Teppich verschleudert war und die Kost am Tisch schmal wurde, kam sich Frau Sandoval wie eine Diebin vor, weil sie bei Tisch mitaß, und sie sagte sich, die Verwandten hätten doch recht gehabt, in jeder Familie spränge die Frau jetzt helfend ein, und sie grübelte über ihre Kenntnisse nach und fand sie unzulänglich. Um ihre Sorgen zu verbergen, setzte sie sich ans Klavier. Und allmählich sah sie eine Möglichkeit.

Am nächsten Feiertag erschien in der bestgelesenen Zeitung unserer Stadt eine Annonce, eine Dame stellte einer Sängerin ihre Dienste als Klavierbegleiterin zur Verfügung.

Frau Andrea bekam eine Zuschrift. Sie stammte von einer Sängerin, die in einer Winkelgasse wohnte, und das gab ihr ein wenig Sicherheit. Sie machte sich sofort auf den Weg.

Die Sängerin öffnete selbst. Sie trug ein Ritterkostüm in vielen Farben, es mochte ein Bühnenkleid sein, sie führte Frau Andrea in ein bombastisches Zimmer, die Kissen waren dick, die Lampenschirme und auch die Sängerin war dick.

»Ich freue mich sehr«, sagte sie, »in Ihnen eine Dame von distinguiertem Äußeren kennen zu lernen. Auch ich bin eine distinguierte Erscheinung, wenn ich auch jetzt nicht so lebe, wie es meiner Abstammung und meinem Talent entsprechen würde. Ich könnte auf dem Schloß meines Oheims wohnen, aber ich habe das Laute nicht gerne, ich liebe die Stille, meine Abstammung und meine hohen Verbindungen gestatten es mir ohnedem nicht, mich gänzlich von der Welt zurückzuziehen, ich bin nämlich Adelige. Doch jetzt zu Ihnen, liebe Dame, es ist wirklich rührend, daß Sie Ihre Kräfte in den Dienst der Kunst stellen wollen, Sie sehen an mir eine würdige Vertreterin, Sie verschwenden Ihre Zeit keineswegs mit mir.«

Und Pasta Pudika trat ans Klavier und schmetterte über die zu Tränen gerührte Bewerberin eine Stimmprobe hin.

»Sollte ich nicht versuchen, ob ich auch imstande bin, Sie zu begleiten?«

»Das ist durchaus nicht nötig, meine liebe Dame, das ergibt sich beim Üben, ich werde Sie schon auf mich einstellen, ich habe schon ganz andere Leistungen in meinem Leben vollbracht. Ich habe lange auf eine so günstige Gelegenheit gewartet, darf ich fragen, verehrte Dame, wann wir beginnen können?«

»Ich hab immer Zeit«, sagte Frau Andrea und errötete, denn jetzt kam der furchtbare Augenblick. »Ich bin mir noch nicht im klaren, was ich verlangen kann, ich hab noch nie eine derartige Arbeit gemacht. Ich bitte Sie, Frau Pudika, den Preis selbst zu bestimmen.«

»Den Preis?« fragte Pasta Pudika. »Wenn Sie von Preis sprechen, das ändert die Sache. Da kann ich Sie nicht brauchen, Beste, die Zeiten sind nicht danach. Ich dachte, Sie stellen sich der Kunst aus Begeisterung zur Verfügung!«

Hier fing Frau Andrea an, ins Taschentuch zu schluchzen und sie weinte nicht nur über die Beschämung jetzt, sie weinte über die Beschämung seit vielen Monaten, vor dem Pfandleiher, dem Händler, dem Steuerbeamten, sie weinte jetzt erst über alles, was sie ertragen hatte, schweigend.

»Aber deshalb müssen Sie nicht weinen, gute Frau, ich verzeihe Ihnen, ich verzeihe Ihnen gerne, gewiß zwingt Sie die Not, die Kunst für Geld zu entweihen.«

Frau Andrea nickte. »Ich versuche es zum ersten Mal . . . meine Tochter ist selbst Künstlerin . . . ich fürchte, ich eigne mich nicht zum Begleiten . . . es wird schwerlich jemand die Geduld mit mir haben . . . und mir noch obendrein zahlen.«

»Ja, da haben Sie allerdings recht, gute Frau, lassen Sie mich nachdenken, was ich für Sie tun kann. Ich werde Ihnen etwas sagen: ich bin gerne bereit, Sie zu unterweisen, Sie begleiten mich dafür zwei, drei Mal die Woche, eine Hand wäscht die andere, nicht wahr?«

»Sie sind wirklich ein edler Mensch, ich bin in einer so verzweifelten Lage, Sie können sich das gar nicht vorstellen. Sie haben hohe Verbindungen, ich lebte aber immer sehr zurückgezogen . . .«

»Da haben Sie recht, lassen Sie mich übrigens nachdenken, wie ich Ihnen helfen könnte. Ich könnte Sie dem Baron empfehlen, oder nein, ich gebe Ihnen einen andern Rat. Sie werden in einem Musikkaffee als Pianistin mitwirken, ich selbst singe zuweilen dort, das ist keine Schande, Arbeit schändet nicht. Ich werde persönlich mit Herrn Tiger sprechen, er weiß, wer ich bin, und ist mir gerne dienlich.«

»Sie sind wirklich ein edler Mensch«, wiederholte Frau Andrea mit einem strahlenden Blick.

»Aber das sage ich Ihnen, Liebe, bei meiner Begleitung müssen Sie Geduld haben, Geduld bringt Rosen und es ist noch kein Meister vom Himmel gefallen. Kommen Sie morgen um zehn, wir beginnen morgen mit dem Üben. Dann besprechen wir alles andere.«

II.

Frau Andrea saß also jetzt jeden Nachmittag im Kaffee Planet, in der Gelben Straße. Sie kam früh, um noch rasch ein wenig die Zeitung zu lesen, denn später wurde sie durch Herrn Zierhut unterbrochen. Herr Zierhut war ihr Klavierpartner. Schon das erste Mal, als Frau Andrea ins Konzertkaffee trat, flößte sie ihm höchste Verehrung ein. Sie dankte seinem Gruß mit einer Verneigung, trat aber sogleich auf den Kafetier zu und ersuchte ihn, die Tasse vom Klavier wegzunehmen. Herr Zierhut rührte sich nicht, obwohl der Teller mit der Inschrift »Bitte für die Musik« die Haupteinnahme bildete. Als aber Frau Andrea vor dem Klavier saß, beschloß Herr Zierhut, immer nur mit ihr zu spielen. Denn sie saß nicht da, als befände sie sich in einem drittrangigen Lokal unter zweifelhaften Gästen, sie saß vor dem Flügel, als wäre sie in der Musikhalle, sie blickte nicht rechts, nicht links und spielte die abgehackten Schlager und faden Klänge vergangener Zeiten mit feierlichem Ernst.

Herrn Zierhut schlich der Tag nicht mehr dahin. Vormittags durchlief er die Kaffees um die Gelbe Straße, empfahl den Chefs Frau Andrea, besorgte neue Schlager, schrieb sie ihr ab, nahm seinen Mittagstisch bei der Familie Sandoval, saß neben der Dame und ihrer königlichen Tochter und vertrug sich vorzüglich mit Herrn Sandoval. Er saß da, inmitten von Gipsstatuen, Gipstieren, Gipsköpfen, nannte sie alle große Kunstwerke und war so mager, daß nicht zu befürchten stand, er könne je eines umwerfen.

Die Familie beschränkte sich auf dieses Zimmer, denn die anderen waren vermietet. Dies hatte Frau Andrea zugleich mit dem Mittagstisch eingeführt und die Familie ihres Mannes war zufrieden. Als sie nun gar noch für das Nachtmahl sorgte, indem sie in Kaffeehäusern spielte, begannen sie sogar, sie zu loben. Es war aber ausgemacht, daß sie die Gegend meiden wollten, in der ihre Angehörige sich erniedrigte.

Die junge Diana hörte das mit an. Sie sah, wie die Großmutter mit dem Einkaufskorb einen Bogen um die Gelbe Straße machte, sie sah, wie Vaters Schwester die Kaffeehausreihen rund um den Planet mied, sie sah, wie der Vater den Versuch machte, seine Frau ein Stück Weges zu begleiten, und wie er feige umkehrte. Sie blieb ganz ruhig.

Aber eines Tages erschien sie selbst im Kaffee Planet. Frau Andrea war erst wie vor den Kopf gestoßen. Sie errötete, erschrak und versteckte ihre Verlegenheit hinter einer einladenden Gebärde, so, als wäre sie in einer vertrauten Umgebung. Aber dann lachte Frau Andrea, sie lachte glücklich, denn alles um sie war auf einmal schön.

Mit dem Erscheinen des jungen Mädchens begann es erst, daß Frau Andrea der Mittelpunkt der Gespräche wurde. Denn Schönheit ist Reichtum, sagten die Gäste, und wie konnte es möglich sein, daß eine so schöne Tochter neben einer so stattlichen Mutter lebte und daß beide so arm waren? Die Gäste des Tiger wunderten sich und am meisten wunderte sich Herr Tiger selbst. Ihm gehörte das Kaffeehaus, doch fungierte er mehr als Zuschauer; er hatte es verpachtet. Er trug eine breite Goldkette über dem Leib, er hieß eigentlich Derdak und nicht Tiger, er wurde von den Gästen Tiger genannt und nannte sich selbst so. Erschreckend an seinem Gesicht war seine hängende Unterlippe. Hängende Unterlippen waren überhaupt häufig bei den Besuchern des Kaffees in der Gelben Straße, die waren alle auf Weiberfang aus.

Und am meisten war es Herr Tiger.

»Zierhut, wer ist diese Frau?« begann er und zeigte mit seinem dicken Brillantfinger auf Frau Andrea.

»Das ist eine Dame.«

»Und was noch?«

»Fabrikantensgattin. Und erst die Tochter!«

»Na, was ist mit der?«

»Das ist eine große Bildhauerin.«

»Davon kann man nicht leben.«

»Sie konzertiert jetzt in Kaffeehäusern.«

»Wer, die Tochter?«

»Die Mutter.«

»Die Fabrikantensgattin?«

»Geldverlegenheit. Wird vorübergehen. Wird bestimmt vorübergehen. Wollen Sie sie kennen lernen?«

»Na ja, – bringen Sie sie her.«

»Das geht nicht in diesem Fall«, flüsterte Zierhut erschrocken, »da müssen Sie schon selbst hinkommen, das ist eine Dame!«

»Gut, gehn Sie hin. Ich komm nach.«

Zierhut ging an den Tisch der Dame, setzte sich neben sie und lehnte sich eifrig zu ihr hinüber. »Der Kafetier bittet, Ihnen vorgestellt zu werden, fünffacher Kaffeehausbesitzer.«

»Sehr freundlich.« Sie legte die Zeitung höflich weg. »Kommen Sie, Herr Kafetier«, rief Zierhut eifrig.

Tiger erhob sich, als wäre jedes Pfund Fleisch an ihm mit Gold behängt. Er trat an den Tisch und lächelte. Seine Augen blieben von dem Lächeln unberührt.

»Tiger«, sagte er.

»Andrea Sandoval. Bitte Platz zu nehmen.«

Tiger setzte sich neben sie, nahm seinen Stock zur Hand und besah stolz den goldenen Knauf.

»Ein schöner Stock«, sagte Frau Andrea.

Tiger griff in die Tasche und zog eine Tabakpfeife

heraus. Der Kopf war reiche Elfenbeinschnitzerei in Goldfassung. Er reichte sie ihr.

»Das ist eine feine Arbeit«, sagte Frau Andrea bewundernd.

»Ich rauche keine Pfeife«, sagte er verächtlich. »Ich hab sie bei einer Auktion gekauft.« Er nahm ihr die Pfeife schnell aus der Hand.

»Als Kind hab ich gern Tabak geschnupft«, erzählte Frau Andrea. »Meine Brüder haben mich erst gezwungen, und dann hab ich es mir angewöhnt. Auch weiße Mäuse mußt ich immer beim Schweif nehmen und in den Mund stecken. Sie kribbelten mir dann im Gesicht herum, es war schrecklich.«

»Nicht schlecht«, sagte Tiger. »So?«

»Ihnen hab ich es ja schon erzählt.«

Zierhut nickte feierlich.

»Was haben Sie da für ein Kleid?« Tiger rührte geringschätzig den Stoff ihres Ärmels an.

»Mein Mann brachte es mir einmal aus Karlsbad mit, es freut mich, daß es Ihnen gefällt.«

Tiger wälzte die Lippen verächtlich zu einer Antwort. Da stand Diana vor ihnen. Ihre Haut leuchtete wie Porzellan. Sie begrüßte die Mutter und Zierhut und reichte Tiger kaum die Hand. Sie ließ sich nieder mit der Kälte einer Porzellanpuppe.

Tiger glotzte auf die weiße Haut des Mädchens. Die nasse Zigarre verlöschte in seiner Hand.

»Das gnädige Fräulein ist eine große Bildhauerin«, sagte Zierhut.

»Ich könnt' meinen Kopf bei Ihnen machen lassen.«

Diana blickte ihn kalt an und schwieg.

»Nächsten Monat bin ich siebzig.«

»Aber daß Sie schon siebzig sind! Herr Tiger!« rief Frau Andrea erstaunt.

In diesem Augenblick wurden alle vier durch lebhaftes Winken von der Straße her abgelenkt. Pasta Pudika war es und trat an den Tisch.

»Da seh ich Sie endlich, meine Liebe, gestern und vorgestern waren Sie nicht hier; wenn Sie morgen nicht zur Begleitung gekommen wären, ich hätte Sie aufgesucht. Das ist wohl Ihre Tochter, liebe Frau, da haben Sie mir aber nicht zu viel erzählt. Sie huldigen der Kunst, wie ich höre, ein schwerer und verantwortungsvoller Posten.«

Diana blickte eisig auf die Sängerin.

Sie hatte jenes weiche Fett, das durch die Haut schwitzt. Sie sah aus wie die Karikatur eines Schneewittchens.

Zierhut wollte seine Freude aussprechen, daß man so fröhlich beisammen war, da wurde er vom Oberkellner des Kaffees »Zum Tiger« für einen Augenblick weggerufen.

Diana und die Sängerin erhoben sich gleichfalls und stellten sich zu ihm.

»Das Kaffee »Zum Tiger« gehört auch mir«, sagte Tiger zu seiner Nachbarin.

»Ein schönes Kaffeehaus, Herr Tiger.«

»Wenn Ihr Mann nicht zuhause wär', ich hätt' Sie heut begleitet.«

»Aber warum denn nicht, Herr Tiger, mein Mann wird sich sehr freuen.«

Zierhut kam mit den Damen zurück. »Wir haben ein Engagement, verehrte Gnädige, für heute Abend im Kaffeehaus »Zum Tiger«. Wir hätten die Nacht durchspielen können, aber Ihre Tochter hat es nicht gestattet.«

»Der Ober wird sich nächstens nicht mehr an uns wenden, Diana«, sagte Frau Andrea vorwurfsvoll.

»Ja, da bin ich ganz der Meinung Ihrer Mutter, liebes Fräulein, man muß das Eisen schmieden, so lang es heiß ist.« Pasta Pudika räusperte sich ins Sacktuch. »Was sagen Sie zu diesem Parfum, Herr Tiger, riechen Sie, die Marlene Dietrich benützt es.«

»Marlene Sperrhaken«, sagte Tiger.

Ein Bittsteller ging von Tisch zu Tisch. Tiger warf ihm sein ganzes Kleingeld in den Hut.

»Sie sind ein edler Mensch«, sagte Frau Andrea.

»Ich laß mir meinen Kopf bei Ihnen machen, Fräulein, was kostet das?«

Diana schwieg.

»Warum antwortest du nicht, Diana? Den Preis

werden Sie selbst bestimmen, Herr Tiger, bis die Arbeit fertig ist. Sie sehn sich sie erst an.«

Pasta Pudika fühlte sich zurückgesetzt. »Was haben Sie da für ein Abzeichen, Zierhütchen?«

»Das ist vom Verein zur Bekämpfung des Alkohols.«

»Das ist recht, das gefällt mir, es ist gewissermaßen nützlich und vernünftig, Laster zu bekämpfen.« Die Pudika blickte lüstern um sich.

»Sind Sie auch dafür, daß man Laster bekämpft?«

«Ja, ich bin dafür, Herr Tiger.«

»Und Sie, Fräulein Bildhauerin?«

»Ich bin dafür, daß man sie verewigt.«

»Ihre Tochter ist gescheiter als Sie.«

»Sie müssen ihr verzeihen, sie ist noch so jung, Herr Tiger.« Frau Andrea erschrak über den unerklärlich strengen Blick, den ihre junge Tochter ihr zuwarf.

»Meine verehrte Gnädige, es tut mir leid, daß ich unser fröhliches Beisammensein stören muß, aber wir müssen antreten, es ist sechs Uhr«, sagte Zierhut.

»Warten Sie, Zierhütchen, ich geh auch mit, vielleicht gibt es etwas zu singen für mich.«

Alle erhoben sich, nur Tiger blieb sitzen.

»Das mit meinem Kopf besprech ich morgen mit Ihrer Mama, Fräulein, Sie sind doch morgen da, Frau . . .«

»Sandoval. Ja, gewiß, Herr Tiger. Wird mich freuen. Ich bin jeden Tag hier.«

Diana schwebte voran. Hinter ihr schritt Frau Andrea und blickte stolz auf sie. Pasta Pudika quittierte eitel lächelnd die Blicke, die Diana galten. Zierhut wollte ihnen nachfolgen, da rief ihn der Tiger zurück.

»Warten Sie, Zierhut, ich hab mit Ihnen zu reden. Setzen Sie sich noch einenAugenblick. – Die Mutter gefällt mir.«

»Das sind *Damen*.«

»Das werden wir sehn.«

»Nichts werden wir sehn.«

»Wetten wir, daß ich *alles* sehen werde.«

»Nein, ich wette nicht«, sagte Zierhut gekränkt.

»Um hundert Schilling.«

»Ich wette nicht!«

»Na, also, wenn Sie so sicher sind! Machen Sie doch den *Damen* ein Geschenk! Einen Monat hacken Sie am Klavier herum, für hundert Schilling, jetzt können Sie's in einer Stunde verdienen! Wenn Sie so sicher sind, können Sie doch wetten!«

»Ich wette nicht.«

»Ah, so! Sie haben Angst! Weil Sie das Geld nicht haben! Na, wenn Sie so sicher sind! Sie sind aber nicht sicher, Freundchen, das wollt' ich heraushaben, Sie sind nicht sicher, *ich* bin es!«

»Ich bin ganz sicher.«

»Dann wetten wir doch! Wetten wir hundert Schilling!«

»Sie können die Ehre der Damen leicht angreifen, nie werden Sie mich überzeugen können . . .«

»Sie werden dabei sein.«

III.

»War die Filmdiva freundlich, Diana?«

»Ich wurde nicht vorgelassen, Mutter.«

»Und die Bestellung in der Porzellanfabrik?«

»Abgelehnt. Weil die Figur nackt ist.«

»Bekommst du den Auftrag für die Theaterdirektion?«

»Den bekommt der Bildhauer Klotz.«

»Aber der hat das doch nicht nötig, der ist doch berühmt!«

»Eben darum.«

»Sei doch nicht so niedergeschlagen, Diana. Du hast doch den Auftrag von Herrn Tiger.«

»Wenn ich nur nicht den Kopf dieses Tiger machen müßte! Er ist so uninteressant, so kompakt, so durchschnittlich! Bis auf seine Taktlosigkeit, die ist überlebensgroß!«

»Er ist nicht so arg, Diana. Er ist gewohnt, mit dem Personal zu kommandieren, er hat fünf Kaffeehäuser. Im Grund ist er nicht böse, er versteht doch nichts von Kunst und hat dir gleich den Auftrag gegeben.«

Diana sah ihre Mutter an.

»Mutter, versprich mir, daß du dich nie mit ihm allein triffst!«

»Das kann ich dir richtig versprechen, ich muß nur lachen, weil du mich so bedroht siehst. Eine etwas seltsame Lage für die Mutter eines erwachsenen Mädchens. Sei außer Sorge, es wird mir nichts geschehn.«

»Ich fürcht ja nur für dich, weil er so taktlos ist, er kann dich einmal sehr kränken. Er spricht nur Zweideutigkeiten und du bist ahnungslos.«

»Nicht so ahnungslos, wie du glaubst, Diana.«

»Bist du dir klar darüber, wer dieser Tiger ist?«

»Mir ist sein flackernder Blick nicht entgangen.«

»Weißt du, was er spricht?«

»Du hast es gesagt, er spricht zweideutig.«

»Wie willst du dich vor ihm schützen?«

»Indem ich nur die Deutung verstehe, die mir gemäß ist.«

»Du siehst nur dich in den andern wieder, Mutter.«

»Das ist mein Halt, Diana.«

»Ich sehe die andern in mir, das ist meine Qual.«

»Und deine Kunst, Kind.«

»Hat es nicht geläutet?«

»Ja, das ist gewiß Zierhut. Bleib nur, Kind, ich geh schon öffnen.«

Vor Frau Andreas erstaunten Augen stand ein Dienstmann. Er brachte einen großen Korb mit Obst und Wein.

»Ist das bestimmt für uns? Diana! Komm mal her! Schau dir diesen Korb an, er gehört uns! Frau und Fräulein Sandoval, steht darauf. Wer kann das geschickt haben? Lies du, ich bin so aufgeregt, ich kann nicht lesen.«

Diana zog aus dem offenen Kuvert einen Fetzen Papier, der mit Bleistift beschmiert war. Sie las:

»Als Anzahlung etwas für den Magen. Tiger.«

IV

»Sie haben mich in etwas hineingezogen, das nicht zu mir paßt, Herr Kafetier.«

»Blödsinn. Sie haben Angst, Zierhut.«

»Nein, Angst hab ich wirklich gar keine. Ich fürchte höchstens, daß die Dame etwas merken könnte. Das würd' ich mir nie verzeihen.«

»Mein Ehrenwort wird Ihnen doch genügen.«

»Eines tröstet mich, daß Sie nämlich jetzt endlich sehen werden, mit wem Sie es zu tun haben. Sie werden sich ein wenig lächerlich machen, Herr Kafetier.«

»Sie sind schon lächerlich. Geben Sie acht, sie kommt.«

»Guten Tag, Herr Zierhut, guten Tag, Herr Tiger, sind wir noch allein?«

»Nehmen Sie Platz, verehrte gnädige Frau.«

»Setzen Sie sich. Was haben Sie da für ein Paket?«

»Das ist Wolle, Herr Tiger, auf ein Kleid für Diana.«

»Das ist aber viel Wolle, das sieht aus wie für drei Kleider.«

»Für Leute von Ihrem Umfang, Zierhut! Haha!«

»Das sieht nur so dick aus, weil es Strähnen sind. Das muß erst aufgewickelt werden.«

»Darf ich Ihnen dabei behilflich sein, verehrte Gnädige?«

168

»Danke sehr, Herr Zierhut, aber hier ist nicht der richtige Ort dafür. Ich habe die Wolle nur gekauft, weil sie in unserer Gegend teurer ist.«

»Stimmt. Hier ist nicht der richtige Ort. Gehen wir weg. In seinem Kaffeehaus hat ein Kafetier keine Ruh. Fahren wir irgendwohin. Kommen Sie. Zierhut kommt mit. Ich hab nämlich mit Ihnen zu sprechen.«

»Mit mir? Bitte, Herr Tiger, sprechen Sie nur ungehindert.«

»Hier paßt mir das nicht. Fahren wir hinaus. Fahren wir zum Lusthaus. Das ist eine Idee! Hier wird man jeden Augenblick belästigt.«

»Worauf bezieht es sich, was Sie mir zu sagen haben, Herr Tiger?«

»Es ist eine Familienfrage. Nicht wahr, Zierhut. Gehen wir. Zierhut, holen Sie ein Auto. Ich zahl.«

»Aber Herr Zierhut muß sich nicht selbst bemühen, bleiben Sie hier, ich sag es drinnen dem Ober, ich muß ohnehin hinein.«

»Gut. Gehn Sie. – Zierhut, im Vertrauen: sie gefällt mir besser als die Tochter.«

»Mir ist das Ganze gar nicht recht.«

»Das Auto ist schon da, Herr Tiger!«

»Was, die Würstl nehmen Sie mit?«

»Ja, das Paket ist ganz leicht. Es sieht nur so groß aus, wissen Sie, Herr Tiger, die Garderobenfrau ist nicht ganz verläßlich. Diana ließ einmal eine Bluse dort und bekam sie mit einem Fleck zurück.«

»Der Fleck auf der Ehr. Steigen Sie ein. Kommen Sie, Zierhut.«

»Wie schade, daß man nicht durch die Allee fahren kann.«

»Man muß rundherum fahren.«

»Drüben in den Auen ist es nicht ungefährlich. Ich war da einmal mit Diana und als wir allein waren, bekamen wir Platzangst.«

»Ich hab auch Platzangst neben Ihnen.«

»Wieso denn, Herr Tiger?«

»Sie sind auch nicht ungefährlich.«

»Sehr liebenswürdig. Ah, wir sind schon da! Hier auf dieser Seite hab ich mit Diana Milch getrunken.«

»Drinnen sitzt man besser. Kommen Sie, kommen Sie.«

»Man kann auch drinnen sitzen? Das wußt ich nicht.«

»Kommen Sie, wir gehen hinein. Zierhut ist schon hinter uns, fürchten Sie sich nicht.«

»Warum sollt ich mich denn fürchten? Da ist es aber wirklich schön! Die rosa Ampel und die weichen Teppiche!«

»Kommen Sie, wir gehen hinauf. Oben ist es besser.«

»Wir gehen hinauf?« rief Zierhut erstaunt.

»Reden Sie nicht so viel, Zierhut!«

»Herr Zierhut redet doch aber wirklich nicht viel. Die ganze Zeit hat er den Mund nicht aufgetan. Ja, hier ist es noch schöner! Dieser Blick auf die alten Bäume!«

»Alte Bäume sind besser als junge.«

»Essen wir denn schon!« rief Zierhut erstaunt, als der Ober den gedeckten Tisch hereinrollte.

»Ach, nein, Herr Tiger, erst schütten Sie mir doch Ihr Herz aus!«

»Das hat Zeit.«

»Es ist doch hoffentlich nichts Ernstes?«

»Jetzt werden wir essen. Kellner, bringen Sie alles auf einmal, daß Sie nicht immer hin und hergehen.«

»Danke, Herr Ober, mir keinen Wein. Wann haben Sie denn das alles bestellt? Ich hab nichts bemerkt! Der Ober sieht vornehm aus, wie ein verkleideter Graf. Diskret und vornehm.«

»Trinken Sie«, sagte Tiger.

»Danke, ich trinke nicht.«

»Trinken Sie, Zierhut trinkt schon. Sehen Sie.«

»Ich kann wirklich nicht. Aber was Sie sich für Spesen machen! Das war wirklich nicht notwendig.«

»Wissen Sie, wo Sie sind?«

»Ja, gewiß, Herr Tiger. Im Lusthaus.«

»Warum heißt es Lusthaus?«

»Weil der Adel hier unter den Alleen lustwandelt ist.«

»Falsch. Lusthaus kommt von Lust. Weil hier Séparées sind.«

»So, das gibt es hier?«

»Das ist ein Séparée.«

»Was Sie für Scherze machen, Herr Tiger, ich weiß doch, wie ein Séparée aussieht, es ist ganz klein und hat keine Fenster.«

»Woher wissen Sie das?« fragte Tiger und schlürfte Wein.

»Vom Kino.«

»Also was denn ist das?«

»Das ist ein Gastzimmer. Aber Sie essen nichts, Herr Zierhut, und Sie sind so schweigsam. Verdrießt Sie etwas? Nehmen Sie ein Stück Brust, Herr Tiger, das Huhn ist ganz mürb.«

»Der Schenkel ist mir lieber.«

»Es ist doch hoffentlich keine traurige Angelegenheit, die Sie mit mir zu besprechen haben?«

»Schaun Sie, wie sich Zierhut die Serviette umgebunden hat, wie ein Waisenknabe.«

»Ich meine nämlich, hier ist nicht der Ort für traurige Gespräche, es ist so behaglich hier.«

»Die Würfel sind gefallen«, sagte Tiger.

Hier bückte sich Zierhut und suchte den Teppich ab.

»Was treiben Sie da, Zierhut, machen Sie keine Dummheiten, wirds bald? Avanti!«

Zierhut stand gehorsam auf und ging hinaus.

»Herr Zierhut, wohin laufen Sie mitten im Essen? Sie sind doch noch nicht fertig!«

»Er kommt gleich. Ein langweiliger Patron.«

»Das dürfen Sie nicht sagen. Ich schätze Herrn Zierhut, er ist fein und sehr gefällig. Er ist mein guter Geist. Ja, wirklich.«

»Hier haben Sie hundert Schilling für den Kopf. Bis Ihre Tochter fertig ist, zahl ich das Ganze. Nehmen Sie nur, Frau . . .«

»Andrea Sandoval.«

»Richtig, ich hab's aufgeschrieben. Immer vergeß ichs. Ist schwer zu merken. Nehmen Sie nur ruhig.«

»Danke vielmals, Herr Tiger, aber wollen Sie es nicht lieber meiner Tochter selbst geben?«

»Nein. Stecken Sie ein. Sie gefallen mir besser als Ihre Tochter.«

»Das sagen Sie zum Glück nur aus Höflichkeit. Meine Tochter ist schön und ich bin darüber sehr glücklich. Ich war nie schön.«

»Mir gefallen Sie besser.«

»Bitte, lassen Sie die Vorhänge oben, Herr Zierhut wird gleich hereinkommen, er könnte das mißdeuten.«

»Zierhut kommt nicht.«

»Wie meinen? Bitte, lassen Sie mich . . . was fällt Ihnen ein . . . ich . . . ich . . . muß fort . . . Ich gehe!«

»Sie gefallen mir sehr gut.«

»Bitte, lassen Sie mich doch, meine Tochter kann jeden Augenblick eintreten, wenn Sie mich nicht lassen . . .«

»Ihre Tochter weiß nicht, wo wir sind.«

»Doch, sie weiß es, ich hinterließ ihr Bescheid beim Ober, sie kommt mir bestimmt nach, sie fährt gern ins Freie, sie wird gleich hier sein.«

»Was! Sie gehn mit mir in ein Séparée und bestellen Ihre Tochter nach! Glauben Sie, ich bin verrückt! Ich laß mich nicht ausbeuten!«

»Ich verstehe Sie nicht ganz, Herr Tiger, ich bin mit Ihnen in kein Séparée gegangen. Sie werden entschuldigen, wenn ich Sie jetzt verlasse, hier ist Ihr Geld.«

»Bleiben Sie da, wie schaut das aus, ich laß mich nicht blamieren! Wenn Sie nicht wollen, kann man nichts machen. Ich tu Ihnen nichts.«

»Herr Tiger, nehmen Sie sofort das Geld zurück! Und jetzt holen Sie Herrn Zierhut, sonst hol' *ich* ihn.«

»Was fällt Ihnen ein, bleiben Sie, lassen Sie ihn, er ist jetzt nicht allein, das sind doch Séparées, was fahren Sie mit einem Herrn ins Lusthaus, wenn Sie sich so benehmen? Das ist eine Beleidigung für mich, Sie spielen in meinem Kaffeehaus! Ich laß

174

mich nicht blamieren, ich wollt, daß Sie leichter verdienen! Sie könnten gescheiter sein!«

»Und Sie, Herr Tiger, könnten sich schlechte Scherze ersparen, denn Sie wollen mich doch nicht im Ernst glauben machen, daß Sie die Notlage einer Dame ausnützen.«

»Ich will Ihnen doch helfen. Fürchten Sie sich nicht, mir ist schon die Lust vergangen. Ich les die Zeitung, damit Sie Ruh geben. Ich red nicht einmal mit Ihnen. Reden wir nichts. Warten wir nur, bis Zierhut kommt, wie schaut das sonst aus? Man kann ihn jetzt nicht stören.«

»Wissen Sie, das glaub ich nicht, daß sich Herr Zierhut mit einer Dame im Séparée aufhält, das reimt sich mit vielem nicht zusammen, das ich von ihm weiß. Aber wenn Sie wirklich ruhig die Zeitung lesen, werde ich hier auf meine Tochter warten, damit sie nicht erschrickt, wenn ich nicht hier bin. Ich will indessen meine Wolle auf- wickeln.«

»Wickeln Sie, wickeln Sie, so viel Sie wollen, nur bleiben Sie schön ruhig. Wenn da wer bei der Tür horcht, lacht mich das ganze Hotel aus.«

»Wer sollte denn horchen, Herr Tiger?«

Sie nahm eine Strähne heraus, legte sie um zwei Lehnen und wickelte auf.

Tiger hielt die Zeitung vor und lauschte, ob Zier- hut sich draußen der Türe näherte. Unruhig blickte er auf die Wollsträhne, es dauerte endlos, bis sie aufgewickelt war.

»Wissen Sie, Herr Tiger, ich denke wir gehn jetzt. Meine Tochter wird vielleicht doch nicht herauskommen wollen, – wer rüttelt an der Türe, Sie haben *abgesperrt!* – Da bist du endlich, Diana! Komm doch herein! Warum bist du so bleich? Was hast du, Kind? Herr Zierhut, wohin sind Sie denn verschwunden!«

»Zierhut!« rief Tiger, »Sie haben doch hundert Schilling von mir, geben Sie sie dem Fräulein, als Anzahlung, für meinen Kopf, verstanden!«

»Wir haben die ganze Zeit auf Sie gewartet, Herr Zierhut, wo waren Sie denn? Ich hab indessen alle Strähnen aufgewickelt, für dein Kleid, Diana.«

»Sie haben Wolle aufgewickelt!« Zierhut blickte verzückt auf die Wollknäuel und auf Frau Andrea und wieder auf die Wollknäuel.

»Eine halbe Stunde hab ich aufgewickelt.«

»Du hast Wolle gewickelt, Mutter?«

»Sie haben Wolle gewickelt!« rief immer verzückter Zierhut.

»Warum wundert Sie das so, lieber Freund?«

»Herr Kafetier, zahlen Sie, zahlen Sie die hundert Schilling!«

»Eine Anzahlung wird nicht nötig sein«, sagte Diana, »der Kopf ist fertig, Herr Tiger kann ihn schon heute besehen.«

»Gehen wir! Gehen wir gleich!« rief Zierhut berauscht. »Gehen wir Ihren Kopf holen, Herr Kafetier, schauen wir uns an, was Sie auf der *Büste* für ein Gesicht machen!«

Der Zwinger

I.

Im Stiegenhaus sitzt die Hedi, fünf Jahre alt, und spielt mit einer großen Börse mit folgendem Inhalt: einem Tausendfrankenschein, zwanzig Zehnpfundnoten, zehn Fünfdollarnoten, etwa zweihundert Schilling in Papier und Silber und elf Goldstücken verschiedener Länder. Die Hedi hat braune Augen und blondes Haar und obwohl sie die Luft einer Küche atmet, die nur ein Gangfenster hat, bringt sie es zuwege, frisch und gesund auszusehen, und die Zahnlücke vorne, unter den Milchzähnen der erste fehlende Zahn, steht ihr gut. Sie ist überhaupt ein glückliches Kind, spielt sie nicht eben mit Goldstücken und Dollarnoten? Den Tausendfrankenschein hat sie in der Börse gelassen, der gefällt ihr nicht und die Pfundnoten nimmt sie bald heraus, bald faltet sie sie ineinander und steckt sie hinein.

Neben der Hedi sitzt ein mächtiger Hund und heißt Grimm. Den Namen hat ihm aber nicht die Hedi gegeben und nicht ihre Mutter, sondern sein früherer Herr. Er war Sprachforscher, schwärmte für Grimm und für den Hund und nannte den Hund Grimm. Als der gute Gelehrte starb, kamen alle Verwandten und stritten um den Besitz. Den Hund aber stießen sie weg, keinem fiel es ein, ihm einen Teller Reis hinzustellen. Es hätte zwar nichts genützt, denn Grimm fraß seit dem Tode seines Herrn keinen Bissen und das ist nicht eine leichtfertige Behauptung, die Bedienerin Hedwig Adenberger, die Mutter der Hedi, die ihm jahrelang den Teller Reis hingestellt hatte, tat es auch nach dem Tode des Herrn, aber Grimm rührte nichts an. Als die Verwandten alle Wertgegenstände weggeschafft und die Wohnung geleert hatten, waren sie plötzlich einig. Sie waren sich darüber einig, daß niemand den Hund zu sich nehmen konnte, so ein großes Tier frißt und kostet viel. Einer schlug vor, ihn weit weg zu führen und auf der Straße stehen zu lassen, ein zweiter erklärte sich bereit, ihn dem Tierschutzverein zu übergeben, falls alle Verwandten sich zusammentaten und die Fahrt mit dem Auto bezahlten. Als die Bedienerin Hedwig Adenberger hörte und sah, wie der geliebte Hund ihres guten Herrn herumgestoßen wurde, führte sie ihn am Halskragen zu sich in ihre Wohnung und ließ ihn mit ein wenig Scheu ein, in der Angst, der vornehme Hund werde ihre Wohnküche zu gering finden. Doch dann sah sie, daß ein Hund keinen Unterschied macht und war sehr froh darüber. Die Adenberger nahm ihre beste Schüssel aus dem Schrank, kochte Reis mit frischen Markknochen und goß das alles dem Grimm in die Schüssel. Aber traurig wandte der sich ab. Da griff die Hedi ein, sie rief ihn zu sich. Grimm kam auf sie zu, beschnupperte die Hedi und blieb etwas erstaunt und ein wenig protegierend vor ihr stehen. Die Hedi hatte in ihrem Schoß einen Teller mit Grütze und in der Hand einen unwahrscheinlich großen Löffel. Mit dem Löffel haute sie vorerst dem Grimm eins über den Kopf, dann bohrte sie den Löffel in die Grütze und steckte ihn dem Grimm ins Maul. Der Grimm schluckte. Die Hedi nahm jetzt wieder einen Löffel voll und schleckte ihn selbst leer. Der Grimm wartete geduldig und zuckte nur mit den Lidern, wie es Hunde gerne tun, weil man mit den Menschen Nachsicht haben muß. Nach der Hedi kam *er* wieder dran, und am Abend war er schon so weit, etwas Reis zu kosten. Als die Adenberger am Morgen in ihre Bedienung ging und die Hedi allein lassen mußte, tat sie es mit großer Erleichterung und sagte:

»Grimm, gib acht auf die Hedi.«

Und der Grimm gibt acht. Denn wie könnte sonst die Hedi im Stiegenhaus spielen mit Papieren darstellend englische Pfunds, Dollars und Schweizer Franken?

Der erste, der vorbeikam und die Hedi spielen sah, war der junge Last, Sohn des Kaufmanns Last. Er ist sehr groß, hat noch kurze Hosen und die Hände in den Hosentaschen. Er sah die Hedi, das Kind der Bedienerin, mit Goldstücken und Geldnoten spielen, erkannte sofort die Qualität der Noten und war kurz entschlossen. Aber in derselben Sekunde, in der er nach Hedis Schatz griff, haute der Grimm seine spitzen Zähne in den Arm des jungen Last, daß er aufschrie, das Geld fallen ließ und weinend, blutend und mit zerfetztem Ärmel davonstürzte. Der Anzug machte ihm aber nichts, denn sein Vater ist Kaufmann.

Gleich nach ihm trat der Greissler ins Haus ein, vorwärts gezogen von zwei großen Kannen Milch und seiner riesigen Nase. Als er das Geld sah, hatte er denselben Gedanken wie der junge Last, stellte zu dem Zweck die Kannen hin, und das war sein Glück, denn Grimm, der die Vorbereitungen sah, fing auf eine Weise zu knurren an, daß der Greissler einen Schritt zurücktrat und seine Milchkannen anstieß. Die Milchwellen ließen am Rand der Kannen Spuren von dem weißen Staub zurück, aus dem der Greissler die Milch bereitet. Gierig, zornig, dämlich stand er vor dem Schatz, mit dem die Hedi sorglos spielte, indem sie ihre Valuten bald aus der Börse zog, bald in die Börse preßte, während sie das Gold in ihrem kleinen Schoß klingen ließ. Der Greissler war aber nicht wie das Milchweib in der Fabel und verließ sich nicht auf Hoffnungen, sondern ergriff seine beiden Kannen und trug sie aufseufzend ins Haus.

Nach ihm kam der Hausbesorger. Er hätte die Hedi nicht einmal beachtet, wenn der Grimm nicht

so eine gute Gelegenheit gewesen wäre zu schimp-
fen. So schimpfte er über den Grimm, wollte dabei
den Schreck in Hedis Gesicht feststellen und sah
sie lächeln und auf ihre Goldstücke schauen, als
wäre er die Mizzi, ihre Freundin, und hätte lang
nicht so schöne Glaskugeln, wie sie, die Hedi. Der
Hausbesorger sah die Goldstücke, und die Goldstücke sehen und nach ihnen greifen war eins. Ihm
zerfetzte Grimm beinahe die Hand. Der Hausbesorger fluchte, wickelte die blutende Hand in ein
unbeschreiblich schmutziges Sacktuch und lief zur
Rettungsgesellschaft.

Indessen kam der Greissler zurück, mit leeren
Kannen und von Frau Hatvany begleitet. Frau
Hatvany war schwarz und unordentlich gekleidet.

»Hàt, das ist doch die Hedi von meiner Bedienerin, was jeden Samstag bei mir räumt«, Ton und
Geste bedeuten, was dem Kind meiner Bedienerin
gehört, gehört auch mir und sie trat auf die Hedi
zu. Noch ehe sie aber die Hand ausstreckte, brüllte
der Grimm so fürchterlich, daß die Hedi ihm eine
herunterhauen mußte.

»Das ist doch schrecklich, dieses Tier, wie darf
man so ein Tier im Hause dulden, unverschämt!
Gib mir diese Papiere, liebes Kind, ich kauf dir
Zuckerl und Schokolade, gib her, Goldene.«

Die Hatvany versuchte es nochmals mit dem
Hund. Und je länger sie ihn ansah, desto men-

schenähnlicher, desto drohender schien er ihr, zuletzt sah er aus wie der Tod, jeden Augenblick konnte er auf sie losspringen und sie zerfetzen.

Die Hedi hatte erst nicht viel von den Papieren in ihrem Schoß gehalten, aber als sie sah, wie sehr sie begehrt wurden, schienen sie ihr unentbehrlich. Sie lachte lieb, anders konnte sie nicht lachen, aber sie gab sie nicht her.

»Hàt, was machst du damit!« (Sie warf dem Greissler einen Blick zu.) »Du kannst doch nicht lesen! Ich kauf dir Bilder dafür und eine große Puppe mit einem Zopf. Komm, steh auf, gleich gehen wir alles kaufen. Wenn du nicht folgst, sag ich es der Mamma, wenn sie kommt.«

Die Hedi lächelte und rührte sich nicht. Sie legte die vollen Ärmchen auf den Schatz.

Die Hatvany sah den Greissler verzweifelt an. Zum Pech kam Publikum.

Parteien, Ladendiener, ein Lederhändler; vor der Hedi stand ein aufgeregter, gieriger Menschenhaufen.

»Wenn zwei sich auf den Hund stürzen möchten, gleich könnt' man dem Kind das wegnehmen«, sagte die Hatvany.

Die zwei, die sich auf den Hund stürzen sollten, fanden sich aber nicht.

Endlich hatte der Greissler die Erleuchtung.

»Da muß ein Wachmann her!«

186

Ein Ladendiener mußte ihn holen, er selbst rührte sich nicht weg.

Der Wachmann kam an, die Menge machte ihm erwartungsvoll Platz. Der Wachmann ließ sich herab, aber nicht tief, und blickte auf den Schoß der Hedi. Dann sah er hinauf auf ihre ärmlichen Kleider und dann lachte er verächtlich, weil die Leute so dumm waren, und sagte nur: »Tschokolade!«

Darüber mußte selbst die Hedi lachen. Sie hatte deshalb keinen Respekt vor einem Wachmann, weil der Vati, der früher immer kam und jetzt ausblieb, auch ein Wachmann war. Sie nahm ein klingendes Goldstück und rollte es auf den Fliesen zum Grimm hin und sah dabei den Wachmann schelmisch an, als wäre er die Mizzi und als hätte er Glaskugeln noch nie gesehen. Und als sie seinen erstaunten geöffneten Mund sah, ließ die Hedi ein Goldstück nach dem anderen rollen.

Endlich geschah es! Ein Goldstück rollte hinaus aus dem gefürchteten Bereich des fürchterlichen Grimm. Füße stießen, traten, hackten sich, der Wachmann sprach ein Machtwort, da hatte die Hatvany schon den Fuß auf die Münze gesetzt.

Es kostete sie ein Paar Schuhe, so biß der Grimm hinein. Die Hedi hob ihre Schürze hoch, kroch vor und holte das Goldstück. Dann setzten sich Kind und Hund.

»Eine Niedertracht! Das kann man sich nicht

gefallen lassen, Herr Oberinspektor, Sie haben selbst gesehen, was ich da für einen Schaden erleide, neue Schuhe sind das, bitte die Sache zu protokollieren.«

Der Wachmann hatte sich indessen die Qualität der Noten erklären lassen und ließ sich jetzt tiefer herab. »Wie heißt du?« fragte er streng.

»Hedi!« sagte die Hedi.

»Hast du das Geld gestohlen?«

»Na«, sagte die Hedi.

»Woher hast du es denn?« fragte er milder.

Die Hedi schwieg und lachte sehr lieb.

»Willst du es nicht hergeben?« versuchte der Wachmann.

»Na«, sagte die Hedi.

Der Wachmann näherte sich ihr und wurde von Grimm furchtbar empfangen. Er beschloß daher, sich in der Wachstube zu erkundigen, ob man einen Hund nicht niederschießen konnte, der sich gegen einen Wachmann auflehnt.

In diesem Augenblick öffnete sich die Türe des Büros, das neben Hedis Küchenfenster den Eingang hatte, und heraus trat der Winkelbankier Schleier, gefolgt von zwei Kriminalpolizisten. Die Untersuchung in seinem Büro nach Valuten hatte nichts Wesentliches ergeben, denn sie konnten das Geheimfach nicht finden, es lag in einem Hohlraum in der Fensterfüllung. Schleiers dicker Kopf war rot vor Aufregung und er wischte sich noch nachträglich den Schweiß von der Stirn. Vor dem Haustor versperrte ihnen ein Menschenhaufen den Weg und plötzlich sah Schleier in Hedis Hand die Börse, das fürchterliche Zeugnis gegen ihn, die Börse, die er hinter den Lift geworfen hatte, als seine Typistin ihm zuflüsterte, daß die Kriminalpolizei im Hause sei. Schleier sah die Börse, sah sein Geld leichtfertig ausgebreitet und hatte nur die Wahl, dieses oder seine Freiheit aufs Spiel zu setzen. Er wollte rasch an dem Kind vorbei und hinaus, aber der erste Detektiv wurde aufmerksam.

»Was gibt es hier?«

»Da sitzt ein Kind und spielt mit Faluten«, reportierte stramm der Wachmann.

»Valuten?« der Detektiv sah den Bankier vielsagend an. Dann befahl er, die Zuschauer auseinanderzutreiben. Sie gingen etwas erleichtert, weil das Geld jetzt in gerechte Hände kam, wenn es schon ihnen nicht zufiel. Als die Hedi den Herrn Schleier erkannte, steckte sie sofort ihre Gold- und Silbermünzen in die Schürzentasche, denn sie konnte ihn nicht leiden.

»Wo hast du das gefunden, mein Kind?« der Detektiv wies auf die Geldnoten.

Die Hedi zeigte in die Richtung des Lifts.

»Weißt du vielleicht, wer die Börse dort hingelegt hat?«

Das wußte die Hedi genau, denn sie hatte doch beim Küchenfenster gestanden und gerade die Nase durch das Gitter gesteckt, als der Herr Schleier die Börse dorthin warf. Aber sie konnte ihn nicht leiden und wollte sie ihm nicht zurückgeben, darum lächelte sie sehr lieb, gab aber keine Antwort.

»Gehört Ihnen vielleicht die Börse?« fragte der Detektiv den Bankier.

Schleier wäre ihm am liebsten an die Gurgel gefahren, würgte es aber hinunter und sagte überlaut: »Nein!«

»So. Das Geld gehört also *nicht* Ihnen. Bitte das zu notieren. Das Geld wird abgezählt und deponiert und wenn sich bis zu Ablauf der Frist niemand meldet, und es ist nicht anzunehmen, daß sich der Besitzer melden wird (mit einem Blick auf den Bankier), gehört es dem Kind hier.«

Über Namen und Adresse der Hedi mußte der Bankier die Auskünfte geben, der Wachmann notierte alles und stotterte dann zornrot: »Bittschön, der Hund läßt das Geld nicht fassen.«

»Unsinn!« Der Detektiv warf einen Blick auf den Hund und sah dann die Hedi an.

»Jetzt holst du den Maulkorb, Kleine, gelt?«
Der Hedi gefiel der fremde Herr.

»Na«, sagte sie, »er folgt schon.« Und dann haute sie mit ihrer winzigen Hand dem Grimm eins auf den Kopf und befahl ihm sich zu legen, und der

Grimm gehorchte ihr und sah auf dem Boden liegend mit rotunterlaufenen Augen schläfrig zu, wie die Detektive Hedis Geld abzählten, ihr einen Zettel gaben und ihr die Bedeutung des Zettels erklärten. Die Hedi war aber gar nicht traurig, denn die Hauptsache, die schönen gelben und weißen Münzen hatten alle vergessen, sie lagen in ihrer Tasche versteckt. Sie stand auch gleich auf und trippelte den Gang entlang, und der Grimm schritt gelassen neben ihr her, auf der Seite, wo die Leute standen. Die Hedi öffnete die Türe zu ihrer kleinen Wohnung und trat ein, von Grimm gefolgt. In der Küche, die zugleich das Wohnzimmer war, stand ein Bett und vor dem Bett lag ein kleiner Teppich, den hatte die Bedienerin von dem guten verstorbenen Herrn bekommen, weil sie seine Teppiche immer so rein hielt. Listig blickte die Hedi zum Gitterfenster hin, drehte sich dann rasch um und versteckte ihre Goldstücke und das weiße Papier unter dem Teppich. Dann nahm sie den Teller mit Grütze und schleckte abwechselnd mit dem Grimm den Löffel aus und als beide fertig waren, schleckte der Grimm noch die Hedi und die Hedi griff in sein Maul. Dann stand die Hedi auf und befahl dem Grimm, sich auf den Teppich zu setzen und auf das Geld aufzupassen. Sie selbst ging aber durch die zweite Stiege hinauf ins Kinderheim.
Das Kinderheim in der Gelben Straße wird von

wohltätigen alten Damen finanziert, was noch fehlt, verdienen die Kinder selbst. An großen Feiertagen spielen sie nämlich Theater, spielen den reichen Kindern Theater vor, und die Spenden und Einnahmen fallen nicht durch einen Sack mit einem Loch.

Diesmal wurden Märchenbilder aufgeführt. Aus jedem Märchen wählte man die schönste Szene, zum Beispiel wie das Aschenbrödel mit dem Prinzen tanzt. Es war deshalb so schön, weil die Grete Schmidt ein herrliches Kleid trug, rosa mit Silber, aus Papier zwar, aber das war den Kindern, die oben spielen durften, ganz gleich, und die unten bemerkten es in der Aufregung nicht.

Wenn die Helli Wunderer, die den Prinzen gab, die Küßchen auf die kleinen Hände des Aschenbrödels als schal empfinden mochte, weil sie doch beide Mädchen waren und sich überhaupt nicht leiden konnten, unten im Publikum herrschte große Aufregung und ein kleines Mädchen verliebte sich regelrecht in die Helli Wunderer, nicht zu reden von einigen Lederhändlern.

Am besten gefiel das Märchenbild aus den Drei Wünschen, denn selbstverständlich wurde die mächtige Wurst hergezaubert, die die Frau so dumm war, sich zu wünschen, und selbstverständlich saß sie auf einmal auf ihrer Nase, keiner wußte, wie es kam und daß sie mit einem Mal wieder weg war, wunderte zuletzt schon niemanden mehr. Die Wurst auf die Bühne zu zaubern war nicht so schwer, sie wurde von oben mit einem Faden heruntergelassen. Aber wie die Tini Priester sie auf die Nase kriegte, könnt ich selbst nicht sagen, jedenfalls machte sie es sehr geschickt und bekam nach der Vorstellung von einer wohltätigen Dame einen Kuß.

Wer die Kinder hier oben spielen sah, fühlte sich beinahe versöhnt mit wohltätigen Vereinen und Damen, so befreiend wirkte ihr Übermut nach dem strengen Schweigen, und es trat der seltene Fall ein, daß die armen Kinder oben von den reichen Kindern unten beneidet wurden. Kurti Schleier, Sohn des Bankiers Schleier, war fest entschlossen, die Helli Wunderer zu heiraten.

Aber dann kam die Schlußrede. Für die Schlußrede mußten alle Kinder ihre bunten Kleider ablegen und ihre Waisenkleider anziehen, die dunstigen Symbole ihrer Enge. Dann stellten sie sich auf die Bühne hinter die Leiterin und die Leiterin begann:

›Meine Damen und Herrn! Ich danke für Ihr zahlreiches Erscheinen bei unserem Feste. Sie alle haben beigetragen, die Not dieser armen Kinder zu lindern. Was wären sie ohne Ihre edlen Spenden? Verachtete, herumgestoßene Geschöpfe, jedem eine Last, heimatlos und obdachlos. Aus welchen

Verhältnissen, aus welchem Schmutz wir die meisten von ihnen gerettet haben, will ich jetzt nicht schildern (mit einem taktvollen Augenaufschlag zur armen Herde), aber daß sie ein Heim haben, Obdach und Pflege, verdanken sie Ihnen, edle Spender, und besonders der großmütigen unermüdlichen Mitwirkung unserer Gründerin, der Frau Stadtrat Platz!‹ (Verbeugung zu der Dame hin.)

Kaum hatte die Rede begonnen, als alle diese munteren kleinen Mädchen plötzlich mager und vergrämt wurden, sie drückten sich, blickten steif zu Boden, schlichen dann steif die Treppe vom Podium hinunter, auf die Stadtrat Platz zu und küßten ihr die Hand, die Rückwärtigen mit der Vergünstigung, daß der Geruch schon weggeküßt war, der bei alten Damen offenbar von ihren schlaffen Gedärmen herrührt.

Aber wie groß auch die Anstrengung der Leiterin war, daß alles klappte, der Kinder, möglichst dankbar auszusehen, und der Wohltäterinnen, möglichst viel zu spenden, dennoch machten sich die schlechten Zeiten bemerkbar, die Spesen für das laufende Jahr waren nicht gedeckt.

So berieten die Damen vom Komitee hin und her und gerade da kam die Hedi bei der Türe herein, an jeder Seite einen Zopf mit einer Masche, und wie sie die vielen Damen sah, steckte sie den Finger in den Mund und blinzelte verlegen. Aber die Leiterin hatte bei ihrem Anblick eine Idee. Man konnte die Hedi sammeln schicken, sie war noch nicht schulpflichtig und das pfiffigste Kind in der Straße.

Sie zog die Hedi bei der Türe herein, die ganz enttäuscht war, weil sie die Vorstellung versäumt hatte, und die jetzt mitten unter den feierlichen Damen stand, zum zweiten Mal heute im Mittelpunkt, die Hedi, das Kind der Bedienerin.

II

Herr Vlk rennt eifrig kauend durch die Gelbe Straße und ärgert sich über die Lederballen, die abgeladen werden, und über die vielen Leute, die ihm heute im Wege stehen; Herr Vlk kann ohne Stock nicht mehr ausgehen, so verdreckt ist die Straße von den Hunden, Herr Vlk haut gerade so ein gelbes Stück aus seinem Weg, da kommt die Hedi auf ihn zugelaufen, mit einem gelben Buch und einer Büchse. Die Hedi kennt den Herrn Vlk, weil ihre Mutter bei ihm in Bedienung ist. Herr Vlk rennt an ihr vorbei, aber die Hedi läßt sich nicht einschüchtern. »Herr Vlk! Herr Vlk!« ruft sie und reicht ihm das Büchel hin. Herr Vlk bleibt mit einem Ruck stehn, nimmt das gelbe Buch, liest es ganz genau, gibt es der Hedi zurück und rennt weiter.

Er rennt, und je weiter er läuft, desto größer wird das Ärgernis, denn immer mehr Menschen stellen sich ihm in den Weg; sie ist verrückt, die Straße, alle sind heute verrückt, aber da kommt man schlecht bei ihm an, ihm wird man nicht die Freiheit rauben. Und er zwängt sich durch und stößt um sich, daß die Leute erschrocken ausweichen. Vor dem Kaffee Planet macht er halt und schnellt hinein.

Es ist ein Menschenauflauf in der Gelben Straße,

wie ihn die Stadt noch nicht gesehen hat. Er gilt einem schwarzen Wagen in der Mitte der Straße, einem Leichenwagen, aber merkwürdig dabei waren die Leute aus der Gelben Straße. Sie standen nämlich um den Wagen herum und bestaunten ihn, als wäre er eine Sehenswürdigkeit, ein seltsames Stück aus dem Panoptikum, dabei war es ein ganz gewöhnlicher Leichenwagen, nicht einmal erster Klasse. Auf den Gesichtern der Leute zeigte sich keine Spur von Trauer, ja, niemand fand es am Platz, sie auch nur vorzumachen. Und die Verwunderung über die Beschaffenheit des schwarzen, riesigen Skeletts, das auf seine Füllung wartete, wuchs zusehend, die ganze Lederbranche war auf den Beinen, die Postbeamten traten abwechselnd heraus, die Greisslerin hatte ihren Laden gesperrt und stand da mit dem Mann und drei Kindern und der Kusine vom Land.

Da auf einmal war die große Frage gelöst. Aus dem Haustor wurde nämlich ein Sarg getragen, ein Kindersarg. Er kam in das riesige Gehäuse, das nicht silbern und zierlich war, wie die Leichenwagen für Kinder, er kam in den Leichenwagen für Erwachsene, und bildete mit diesem einen Kompromiß.

Die Männer hinter dem Sarg entblößten zwar ihre Häupter, die Frauen blickten zwar ergeben drein, aber so, als wäre für eine unlösbare Frage doch endlich die Antwort gefunden. Und nur eine einzige Frau in tiefer Trauer tastete zitternd an dem kleinen Sarg und wimmerte leise.

Die ganze Gelbe Straße staunte darüber.

»Hàt, was will sie, was weint sie, hätt das Ungetüm noch weiter leben sollen?«

»Das is eh nur Komödie, Susi lauf net in den Wagen.«

Daß so ein Gewächs ein ehrliches Begräbnis hat, dachte die rote Gusti.

»Wie ist es denn gschehn?«

»Erstickt ist sie halt! An ihrem Geiz erstickt!« Die Gusti drückte der Lina die Hand.

Die Lina ging nicht mehr so sauber gekleidet wie früher, in der Trafik, denn sie hatte noch immer keinen Posten. Sie sah bedrückt aus, aber jetzt fühlte sie doch eine Genugtuung über die im Grab.

»Wieso ist sie denn erstickt?«

»Der Turm, den der Alois immer hat bauen müssen, ist zusammengefallen und hat sie ganz begraben, wenn die Lina noch drüben in der Trafik gewesen wär, hätt' das nicht passieren können, die Lina hätt' aufgepaßt, aber gschieht ihr recht!«

»Es hat sie niemand herausziehen können, weil niemand im Geschäft war. In der Früh, bevor die Kunden kommen, schickt sie alle weg, statt daß sie wen bei sich laßt, alle müssen Gänge machen, daß nur ja keiner eine Viertelstund ohne Arbeit ist. Und da wird sie eine Schachtel herausgezogen haben und dabei ist der Turm auseinandergefallen. Aufstehn hat sie nicht können, bewegen hat sie sich nicht können, gehört hat sie niemand, ist sie halt erstickt. Ich hab in der Früh immer ein Aug aufs Geschäft gehabt, wie ich noch in der Trafik war.«

Der Leichenwagen setzte sich in Bewegung, aber die Leute von der Gelben Straße gaben ihm nicht das Geleit, sie standen beisammen und unterhielten sich, und nur Herr Kienast, der vorüberging, erbleichte und lüftete den Hut, und Frau Iger blickte zum Fenster hinaus, und als sie die weinende Mutter mit erhobenen Händen hinter dem Sarg einhergehen sah, setzte sie sich aufs Bett und ihr eigenes Unglück löste sich in Tränen auf.

Die Frau Weiß war in letzter Zeit mit der Runkel überquer gewesen, ja, sie hatte sogar einen rechten Zorn auf sie, denn sie benahm sich oft unleidlich zänkisch und boshaft. Aber jetzt trat sie auf die weinende Mutter der Runkel zu und drückte ihr die Hand, sie wäre auch mitgegangen, doch war sie um die Hedi besorgt.

Die war aber gar nicht erschrocken. In ihren Kreisen stirbt man bald, niemand macht viel Wesens daraus, dazu haben alle viel zu viel Arbeit. Sie erinnerte sich sogar, daß der Vati sie einmal zu einer Leich mitgenommen hatte und daß es nachher ein gutes Essen gab. Sie lief daher schnurstracks auf die Mutter der Runkel zu und jetzt hatte die Frau Weiß Gelegenheit zu beobachten, was für ein glückliches Kind die Hedi war. Denn die trauernde Mutter dachte an das Seelenheil ihres Kindes, griff in die Tasche und holte eine Note hervor, es spendete ihr Bruder, es spendeten die Tanten und Kusinen, so froh waren alle, daß sie lebten und nicht wie jene gewachsen waren, die im Sarg lag.

Einige Leute aus der Gelben Straße warfen Münzen ein, aber die Kohlenfrau nicht.

»Ich hab die Kanarivogerln und ich hab die Susi, was wird für die Viecherln bleiben, wenn ich alles hergib, wird sich eh kein Hund um sie schern, wenn ich tot bin.«

Die Greisslerin nickte, doch Koppstein versicherte ihr, sie mit ihrer Fülle werde noch viele Vogerln zu Grabe führen.

»Hàt, den ganzen Tag wird man belästigt!« Die Hatvany machte sich davon.

»Was hat's jetzt für einen Beruf?« fragte die Greisslerin.

»Heiratsvermittlerin is sie in der Hauptsach! Jeden Tag fahrt sie auf den Zentralfriedhof und wenns einen Wittiber dort sieht, der auf dem Grab der Verstorbenen weint, zieht sie ihn mit und redt so lang auf ihn ein, bis er sich eine andere andrehn laßt.«

»Wo hast denn gestern das viele Geld herghabt?«

fragte bei einer anderen Gruppe der Alois die Hedi und warf zehn Groschen ein. Auch andre öffneten ihre Börsen.

Die Hedi lachte sehr lieb, drehte ihm verschmitzt die Augen zu und war ganz erstaunt, die rote Gusti jetzt unten zu sehen, wo sie doch grad bei ihr oben waren.

Frau Weiß hatte noch einen Weg vor, aber die Hedi zwinkerte schon müde und so führte sie sie ins Kaffee Planet, wo sie Schokolade und eine Ei-erspeis bekam. Im Kaffeehaus heftete die Hedi so-fort ihren Blick auf den Herrn Vlk, der in eine Zeitung vertieft war, und beim Umblättern jeder Seite mit einem Lineal ausprobierte, ob er sie in der richtigen Entfernung hielt, so daß die Augen nicht gefährdet wurden. Die Hedi bemerkte auch jetzt, daß der Herr Vlk ganz gelb im Gesicht war.

In der Tat, Herr Vlk ärgerte sich schon so sehr über den Hundedreck in der Gelben Straße, daß er die Gelbsucht bekommen hatte. Er trug darum auch eine gelbe Brille, damit die andern auch gelb aussahen, so verdrossen war er über sein Gesicht. Jetzt eben zog er seinen Rock an und stänkerte über einen Kaffeehausgast, der seinen Tisch besetzen wollte, während er noch dort stand. Die Hedi lach-te über den Herrn Vlk und erzählte, daß die Mut-ter, wenn sie bei Herrn Vlk räumte, kein Möbel-stück und nichts vom Fleck rühren durfte.

Mit der Büchse bis zum Rand voll, traten sie den Rückweg an.

Im Kinderheim wurde eine wichtige Sitzung abgehalten. Die Vizepräsidentin hatte alle Komiteedamen einberufen, um über einen Wohltätigkeitsfall zu beraten.

Es sollte eine Sache großen Stils sein und darum schlug sie vor, Herrn Iger zuzuziehen. Zum ersten Mal waren sich alle Damen einig und Herr Iger wurde sofort geholt. Aufgeregt kam er an.

Herr Iger fand vor Eifer für seine Projekte nie Zeit, sich über die Verschiedenheit der Frauen betreffend Gesicht, Statur und Alter Gedanken zu machen.

Dieses Manko an Nuancierung war ein großes Plus bei Damen eines Wohltätigkeitsvereines. Er saß darum als Hahn im Korb unter zwanzig Hennen und beteuerte in einer erhitzten Rede jeder einzelnen, daß er es *zwingen* werde.

Als aber die Vizepräsidentin den ersten Vorschlag machte, entstand sogleich Uneinigkeit. Sie war dafür, daß möglichst viele heiratslustige Herren eingeladen wurden, das hebe die Stimmung und bedeute eine Propaganda für künftige Bälle.

Dagegen sprach sich die Frau Stadtrat aus und erklärte, der Vorschlag stünde unter dem Niveau. Darüber entstand ein heftiger Streit, denn die übrigen Damen konnten sich nicht recht entscheiden.

Ledige Herren waren nicht übel, aber das Niveau gehörte zu ihrem Niveau.

Herr Iger zeigte sich nun sehr geschickt, denn es gelang ihm, zu Wort zu kommen. Er schloß die Debatte mit dem Witz, heiratsfähig sei besser als heiratslustig. Im übrigen werde er es zwingen. Und er sah alle Damen der Reihe nach beruhigend an.

Da öffnete sich die Türe und herein trat die Hedi mit aufgeregten Wangen und der vollen Büchse. Hinter ihr erschien die Frau Weiß und sie durfte sich sogar setzen, denn sie arbeitete ganz uneigennützig für das Institut.

Die Hedi hatte die ganze Zeit aufgeregt gewartet und lächelte sehr lieb. Als aber der ganze Haufen Geld auf dem Tisch lag und von dem ganzen Haufen Menschen niemand ein freundliches Wort zu der Hedi sagte, die das ganze Geld gesammelt hatte, verzog sie blitzschnell den Mund, und das Weinen kündigte sich an.

»Man muß dem Kind eine Belohnung geben«, sagte die Frau Weiß, sie war entrüstet.

»Nehmen wir einen Schilling und geben wir ihn ihr«, schlug Frau Kommerzialrat Federer vor.

»Kindern gibt man kein Geld«, rügte die Frau Stadtrat. »Frau Meider, geben Sie dem Kind ein Stück Kochschokolade.«

Die Hedi bekam ein Stück Kochschokolade, war aber gar nicht beleidigt, sondern biß gleich hinein.

Dann ging sie durch die breit geöffnete Tür in den Küchenraum und sah nach, ob die Kinder vom Spaziergang schon zurück waren. Alles war leer, am Herd brodelten riesige Gefäße mit Milch, da sah die Hedi eine graue Gestalt am Fensterbrett hocken und sehnsüchtig in die Dunkelheit hinausschauen. Niemand hätte in dem zarten, traurigen Kind die Helli Wunderer erkannt, die noch gestern auf dem Podium eine so große Rolle gespielt hatte. Das zarte Hälschen war wie angebunden immer nur nach einer Seite hin gerichtet, das Gesichtchen war blaß und trocken und nur das regelmäßige Zucken des Halses zeigte, was die Helli Wunderer zu schlucken hatte.

»Warum bist denn z'haus?« fragte die Hedi die Helli und steckte den Daumen in den Mund.

»Ich hab' Schnupfen.« Die Helli Wunderer schluckte, schüttelte aber heftig das Köpfchen, um anzudeuten, daß es nicht das war.

»Ich möcht zu meiner Mutter«, sagte sie dann und jetzt schluckte sie es auch nicht mehr hinunter.

Als die Hedi die Tränen sah, wurde sie ganz ratlos und steckte den Daumen noch tiefer in den Mund.

»Derfst net hingehn?«

»Sie ist zu weit.«

Die Helli Wunderer fand, daß die Hedi zu klein war, um ihre Geschichte zu verstehen, vom Vater, der im Krieg gefallen war, von der Mutter, die Dienstmagd wurde, nur damit sie in der Stadt leben und die Helli im Kinderheim besuchen konnte, wohinein sie der Vormund gesteckt hatte. Aber jetzt hatte die Mutter wieder aufs Land zurück müssen und war schon vier Sonntage nicht gekommen.

Die Hedi zog zehn Groschen aus der Schürzentasche, die ihr die Mutter geschenkt hatte, als sie ihr das Geld unterm Teppich zeigte. Sie reichte sie der Helli hin. Aber die schüttelte den Kopf und schluckte wieder.

»Da muß man mit der Bahn hinfahren, das kostet viel Geld.«

Nebenan lärmten die Komiteedamen, keine warf einen Blick auf das feine, gefangene, sehnsüchtige Kind am Fensterbrett.

Die Hedi hatte den Daumen aus dem Mund genommen. Dann ging sie durch die offene Türe zu den lärmenden Damen hin, die sie so wenig beachteten, als wäre sie eine Fliege. Die Hedi ging hinein, trat an den kleinen Tisch, ergriff die Büchse, trug sie in die Küche, stellte sie aufs Fensterbrett, öffnete sie und nahm mit der winzigen Hand einen dicken Klumpen Geld heraus. Furchtlos legte sie das Geld der Helli in den Schoß, schloß die Büchse und trug sie furchtlos zurück an den kleinen Tisch.

»Was machst du, Hedi?« fragte die Frau Weiß.

»Ich stell die Büchsn hin«, sagte die Hedi treu-
herzig und trippelte zur Helli zurück.

Die hatte das schwere Geld in ihr Sacktuch ge-
knüpft.

»Wirst du nicht klatschen?« fragte sie leise und
die Hedi lächelte sehr lieb.

Die Helli Wunderer nahm sich nicht einmal Zeit,
der Hedi zu danken, so angstvoll versessen war sie
darauf davonzuschleichen. Sie eilte in den Schlaf-
saal, nahm Mantel und Hut und lief hinaus.

Die drinnen merkten nichts. Sie stritten gerade
darüber, unter welcher Devise der Ball stattfinden
sollte.

»Meine Damen!« schrie Herr Iger und beruhigte
mit segnenden Händen die streitschwangere Atmosphäre, »beruhigen Sie sich, meine Damen, wir
werden es zwingen!«

Die Hedi ging indessen hinunter, um der Mutter
alles zu erzählen, aber die war noch nicht zu Hause
und so setzte sie sich auf den Teppich und erzählte
es dem Grimm.

III

»Ich sag, das Kind is ermordet wordn; Susi, zieh nicht.«

»Hàt, wer wird es ermorden, wenn es nicht einmal ein ordentliches Hemd am Körper hat!« Die Hatvany ging skandalisiert.

»Die Juden habns abgschlachtet«, meinte der Greissler.

»Überfahren habn sies und der Schofeer traut sich nicht her, meinen Rolli habns letzteWoche überfahren«, raunzte die Bedienerin vom Sanatorium.

Große Erregung und Staunen, bis sich herausstellt, daß der Rolli ein Hund war.

»Das Kind ist geraubt worden«, sagte die rote Gusti, es kam von den Schundromanen.

»Das arme Kind!«

»So ein schönes Kind!«

»Ein Engel!«

»Das Kind ist zum Kanal gelaufen und hineingefallen«, erklärte die Therese Schrantz.

Und den nächsten Tag gratulierte ihr die ganze Gelbe Straße zu ihrem Scharfblick. Denn die Fettfischer hatten in den angeschwemmten Fettstücken Teile eines Schenkels gefunden, die die Gerichtsärzte genau als die Schenkel eines zwölfjährigen Mädchens bezeichneten.

Die Helli Wunderer, die vom Kinderheim davongelaufen war, fuhr mit der Bahn direkt nach Niederdorf, sie kannte den Weg, und sie kam beim Häuschen an, als alle schon schliefen. Sie warf Steinchen, die Mutter erschien beim Fenster, schrie auf, lief hinunter und drückte ihr Kind in die Arme. Zeitlich früh, als alle noch im Schlaf lagen, führte sie die Helli zu einer befreundeten Kartenaufschlägerin, die das Kind eine Weile verstecken sollte, bis Gras über die Sache gewachsen war. Denn die Mutter der Helli legte nicht so viel Wert auf eine angemessene Erziehung wie der Herr Vormund.

Die Hedi aber führte am Samstagnachmittag mit ihrer Mutter folgendes Gespräch:

»Die Helli is davongelaufen«, sagte ihre Mutter und säuberte ihre Wohnküche von Grund auf, die Mordgeschichten glaubte sie nicht.

»I was«, sagte die Hedi.

»Woher weißt es denn?«

»I habs gsehn.«

»Wieso hast denn das gsehn?« Die Hedwig Adenberger erkannte, daß ihre Tochter flunkerte.

»Weil is gsehn hab.«

»Du! Lüg nicht!« Die Mutter schüttelte die Hedi durch.

»I liag eh net.«

»Wo is sie denn hin?«

»Zhausgfahrn.«

»Wo hätt sie denn das Geld herghabt?« Die Adenberger tat, als ginge sie drauf ein.

»I hab ihrs gschenkt.«

Jetzt wußte die Hedwig Adenberger, daß ihre Tochter wieder einmal phantasierte. Aber dann dachte sie an das Geld unter dem Teppich und erwog, ob die Hedi nicht wirklich etwas davon hergegeben hatte.

»Jetzt schau mir in die Augen, lügst wieder?«

»Na.«

»Hast oben was gsagt?«

»Na.«

Hier hielt es die Hedwig Adenberger für ratsam, nicht weiter zu forschen, denn sie wollte lieber nicht in eine Geschichte hineinkommen.

Einige Tage später dankte ihr die Mutter der Helli Wunderer für ihr Schweigen. Sie war nämlich vor den Untersuchungsrichter zitiert worden, mußte eigens vom Land hereinfahren, suchte aber zuerst die Hedwig Adenberger auf, sie kannte sie vom Kinderheim.

Aber noch ein Besuch kam. Herr Iger war eifrig am Werk, die Sache aufzudecken, der Ball war sonst gefährdet, die Stadtrat Platz sprach sich dagegen aus. Herr Iger hatte von seiner Tochter irgend etwas aufgeschnappt, das sich bei dieser wieder von der Hedi herleitete.

Als nämlich das kleine Fräulein Iger von der Schule kam und vor der Hedi, die auf der Straße saß, die Zunge herausstreckte, deutete die Hedi ihr an, daß sie etliches wisse, was das Fräulein Iger nicht wisse, worauf diese zornig zum Herrn Papa lief und sich beschwerte.

Die Hedwig Adenberger wich zwar seinen Fragen geschickt aus, aber nicht geschickt genug für einen Iger. Der stellte nun auf eigene Faust Nachforschungen an und wurde vom Komitee sehr gelobt.

Und die Gelbe Straße war so entrüstet über den Mord an dem unschuldigen Kind, daß unaufhörlich anonyme Briefe einliefen, in welchen fast alle Bewohner der Gelben Straße beschuldigt wurden, Koppstein zwei Mal. Kienast sieben Mal, Herr Vlk etwa zwei Dutzend Male. Ja, es fanden daraufhin Hausdurchsuchungen statt, und als man die Berichte der Auskunftsbüros fand, die Herr Vlk über sich selbst bestellt hat, wurde er sogar inhaftiert. In der Haft tobte Herr Vlk aber derart, daß er nach dem Steinhof überführt werden mußte. Hier verlangte er mit der ihm eigenen Zähigkeit eine gelbe Farbe und gab nicht Ruh, bis man sie ihm brachte. Dann aber begann er die Wände anzustreichen, die Tischfläche und sogar auch den angenagelten Kasten, so sehr ärgerte er sich, daß alles in dem Raum weiß war, (man hatte ihm die Brille weggenommen). Man war gezwungen, den Farbtopf zu beschlagnahmen, und seither stiehlt Herr Vlk, wo er kann, ein Stück von seinem Kot und färbt damit das Zimmer gelb.

Im Kinderheim liefen indessen mehr Spenden ein, als die Hedi je zusammengebracht hätte, Spenden für die arme unglückliche Mutter, und vor allem Spenden zur Aufklärung des Falles, und die Mutter der Helli Wunderer bekam rührende Beileidschreiben bis nach Niederdorf. Dennoch war die Stimmung trübe, besonders weil der Ball nicht stattfinden sollte, bis Herr Iger eines Tages Licht in das Dunkel brachte, denn er erschien aufgeregt mit der Nachricht, der Ball werde stattfinden, er hätte eine herrliche Devise und eine noch herrlichere Überraschung. Zum Glück war die Stadtrat Platz nicht anwesend, denn die Devise lautete: »Das verschwundene Kind«, und selbst die Kommerzialrat Federer äußerte Bedenken, nicht aus persönlichen Gründen, sondern wegen des Ortschulrats.

»Ich werde es zwingen!« schrie Herr Iger und zwang es.

Für den Ball wurde eine solche Reklame gemacht und Herr Iger verbreitete so viele mysteriöse, einander widersprechende Gerüchte, daß die ganze Gelbe Straße hinlief, die Kohlenfrau und die Hatvany waren schon um acht Uhr dort, und um halb zehn mußte die Polizei die weitere Kartenausgabe verbieten, so voll war es.

Herr Iger sprang jeden Augenblick an der Loge des Komitees vorbei. Die Überraschung kommt erst, sagte seine Miene, und die Damen gratulierten ihm.

Um zwölf Uhr wurde lärmend geblasen und der ganze Saal versammelte sich vor dem Podium. Da sah man rückwärts den dicken Kopf des Leder-händlers Koppstein, da sah man ganz vorne die dicken Glieder seiner Tochter, da war Kurzmann, das war der Greissler mit seiner Frau, da war die Gnädige mit der Frau Hofopernsängerin.

Aufs Podium wurde jetzt eine kleine, schwarze Gipsfigur getragen, angetan wie ein Rauchfang-kehrer und mit großem Fragezeichen auf dem Ma-gen. Herr Iger bewegte einen Zauberstab, und die Figur begann zu leben.

Und plötzlich riß Herr Iger aufgeregt die schwar-ze Maske von dem kleinen Gesicht herunter und wartete auf den brausenden Effekt. Aber da war so wenig Effekt, wie wenn er sich die Nase gewischt hätte; die Leute im Saal standen ruhig da und schauten auf ein kleines verschüchtertes Mädchen, niemand wußte, was es bedeuten sollte und nur rückwärts die Leiterin des Kinderheims stieß einen Schrei aus.

Herr Iger war aber nicht aus der Fassung zu

bringen, sondern sagte sich, wir werden es zwingen:

»Meine Herrschaften! Hier sehen Sie vor sich das achte Wunder, das ermordete, geraubte, geschändete, ertrunkene Kind, Helene Wunderer! Es ist mir gelungen, sie zum Leben zurückzurufen, ein Zauberkunststück, Magie, ein Trick, ein Igertrick!«

Ein Sturm der Entrüstung folgte; Herr Iger erschrak, wurde grau im Gesicht, sprang vom Podium, drängte sich gestikulierend zu der entsetzten Stadtrat Platz hin, versuchte ihr zu erklären, wandte sich dann an das Publikum und sah sich der Wut gegenüber. Mit hängender Nase, der ganze Mann ein zusammengesunkener Fesselballon, drängte er sich durch die verständnislose Menge dem Ausgang zu.

Es fiel ihm nicht ein, die Helli zu schützen, die jetzt der Wut der Leute preisgegeben war. Stühle wurden gegen sie erhoben, Schirme drohten, sie wurde gestoßen, geschüttelt und beschimpft, weil sie lebte und nicht tot war; die Spender verlangten von ihr das Geld zurück, prophezeiten ihr die Polizei auf den Hals, und schließlich stießen sie das Kind vom Podium herunter.

Denn der Mensch schreitet aufrecht, die erhabenen Zeichen der Seele ins Gesicht gebrannt.

»Dreißig neue Erzähler des neuen Deutschland. Junge deutsche Prosa.« Unter diesem Titel erschien 1932 im Berliner Malik Verlag eine Sammlung von Erzählungen, herausgegeben und eingeleitet von Wieland Herzfelde. Die vierte Erzählung dieser Anthologie heißt »Geduld bringt Rosen«, verfaßt von Veza Canetti; in ihr hat die Autorin das erste Mal ihre eigene Schreibweise erprobt: Zwei sozial gegensätzliche Welten, die sich in zwei Familien und in deren Wohnungen abbilden, bestimmen die Geschichte. In einem großen Stadthaus leben die beiden Familien; Prokops bewohnen die schönste und größte von 25 Herrschaftswohnungen, Mäusles fristen ihr Dasein in einer der winzigen 15 Hofwohnungen. Sozialkritische Antithetik also, für die Geld und Armut, Nichtstun und Arbeit kennzeichnend sind.

Am Ende der Geschichte feiert die Tochter der wohlhabenden Prokops ihre Verlobung, während das Töchterchen der Mäusles an Auszehrung stirbt und gerade in dem Augenblick im Sarg hinausgetragen wird, in dem die Verlobungsgesellschaft das Haus verläßt. Die junge Braut versucht die Peinlichkeit der Situation zu retten; sie läßt ihren Brautstrauß, weiße Rosen, auf den Kindersarg legen.

Damit erhält die Erzählung ihre provozierend ironische Pointe.

Verschiedenen Traditionen der russischen und deutschen Novellistik und Kurzprosa des 19. Jahrhunderts folgt diese Erzählung. So antwortet sie etwa ernst und ironisch bitter auf die doch etwas idyllische Novelle »Späte Rosen« von Theodor Storm.[1] Den Gegensatz von ökonomischer Tüchtigkeit und Poesie hebt der Erzähler des 19. Jahrhunderts auf in seiner Erzählprosa. Ständig schärfer werdende Gegensätze sozialer Art prägen die realistischen Erzählweisen in der Folgezeit. Upton Sinclair ist einer ihrer Protagonisten vom Ersten Weltkrieg ab. Nicht zufällig erschienen dessen im deutschen Sprachraum so erfolgreiche Bücher – drei übrigens von Elias Canetti übersetzt – ebenfalls im Berliner Malik Verlag. Veza Canetti scheint zunächst ganz dieser herausfordernd drastischen Darstellung gegensätzlicher sozialer Lebenswirklichkeit zu folgen. Eine Erzählschicht aber, die bei Sinclair nur selten von einem planen Realismus sich absetzt wie in den Hochzeitsszenen am Anfang des »Dschungel«, macht ein neues und durchgängiges Element in Veza Canettis Geschichte aus. Es ist die besondere Figurengestaltung mit sarkastischen und grotesken Zügen in der Beschreibung des menschlichen Körpers und in der Wiedergabe der gesprochenen Sprache. So ist die direkte Rede einiger Figuren beschränkt auf wenige, andauernd wiederholte Formeln. Und die äußere Erscheinung wird häufig geprägt von extremen Möglichkeiten: »Was auf dem Sofa lag, hatte Hände. Das war aber auch das Einzige, was an einen Menschen erinnerte. Sonst hatte das Wesen zwei skelettdürre, gelähmte Stangen statt Beine, einen breiten Kasten statt der Brust, eine Glatze dort, wo Haare hingehörten, ein dunkles Fell am Körper und schwarze Strünke an Stelle der Zähne. Die Sprache ersetzte ein nur den Mäusles verständliches Lallen.«[2] Vom Sohn der Mäusles ist so die Rede. Die soziale Antithetik wird mit grotesken Elementen verbunden. Erzählt wird von Menschen, die am Rand einer Gemeinschaft vegetieren, aber in einer Familie geliebt werden. An solchen Existenzen können Verhaltensweisen anderer Figuren kontrastiv gezeigt werden, häufig nur knapp andeutend oder zuweilen ausführlich beschreibend.

Der Veröffentlichung dieser Erzählung in der Malik-Anthologie ging im August 1932 der Vorabdruck in acht Fortsetzungen in der Wiener »Arbeiter-Zeitung« voraus. Hier hatte die Erzählerin 1932 und 1933 ihr wichtigstes Publikationsmedium. In der Zeit zwischen dem Ersten Weltkrieg und 1934 gehörte diese Zeitung zu den besten und wichtigsten österreichischen Presseorganen. Joseph Roth etwa gewann von ihr aus 1923 mit »Das

Spinnennetz« sein Lesepublikum.[3] Die dem Austromarxismus nahestehende Zeitung war – anders als die zumeist ideologisch und parteipolitisch eng begrenzten Publikationsorgane der Weimarer Republik – ein Sammelbecken für unterschiedliche politisch ›linke‹ und literarisch ›offene‹ Schriften. Sie richtete sich an ein vielschichtiges Lesepublikum. Im Dezember 1932 wünschte die »Arbeiter-Zeitung« »ihren Lesern einige angenehme Stunden zu bereiten, aber auch ihren, in der heutigen Zeit vielfach in Not lebenden freien Mitarbeitern eine angenehme Aussicht zu eröffnen«; sie veranstaltete ein Preisausschreiben für die beste Kurzgeschichte.[4] In der Jury wirkten u. a. die für den Kulturteil der Zeitung maßgeblichen bzw. verantwortlichen Redakteure Ernst Fischer und Otto Koenig mit. Der erste Preis wurde nicht vergeben, »weil keine der eingereichten Arbeiten den an eine Kurzgeschichte zu stellenden konstruktiven Forderungen« entsprochen habe.[5] Von den 827 eingesandten Erzählungen wurde Veza Canetti für »Ein Kind rollt Gold« allein mit dem zweiten Preis ausgezeichnet. Diese als Kurzgeschichte eingereichte Arbeit wurde später zum ersten Drittel des letzten Teils im Roman »Die Gelbe Straße«. Ebenfalls noch 1933 wurde in Fortsetzungen der Abschnitt »Der Kanal« abgedruckt. Ferner erschienen 1932 und 1933 die nicht in den Roman eingearbeiteten

Kurzerzählungen »Der Sieger«, »Der Verbrecher« und »Der Neue«.

Die Details aus der Entstehungsgeschichte des vorliegenden Romans sind aufschlußreich. Sie zeigen einmal mehr die Variabilität der Gattungen seit dem 19. Jahrhundert, besonders die fließenden Übergänge von der Kurzgeschichte zur Novelle, von der Novelle zum Roman. Deutlich wird an der Vorgeschichte auch, daß ein vorgegebenes Medium einen gewissen Zwang ausüben kann, will man überhaupt einmal gedruckt erscheinen. Hatte Veza Canetti zunächst nur kürzere und längere Erzählungen veröffentlicht, so richtete sich ihr Ehrgeiz doch auf größere Formen; sie schrieb Romane und Dramen. Aus der Umarbeitung von Erzählungen ist eine neue faszinierende Gestalt entstanden, die ihre Herkunft aus Erzählungen nicht leugnet, die aber in dem Ganzen des Romans sehr viel mehr zu lesen gibt als die bloße Addition von Teilen. Entstanden ist nicht eine einzige durchgängige Geschichte mit einem einzigen Helden oder einer Heldin; Zentrum des Romans sind die Innen- und Außenräume einer Straße in einer fremden großen Stadt, in denen sehr unterschiedliche Menschen aufeinandertreffen. Eine rechte »Heimat« ist diese Straße nur denen, die mit Tücke und Gewalt, mit Geldverdienen und Geltungssucht hier sich festzusetzen wissen. Für die anderen, meist Opfer, stellt sich heraus, daß es sie mehr oder weniger in diese Straße verschlagen hat; sie finden sich gefesselt; nur wenige schaffen es, sich zu befreien. Zwar wagt die Erzählerin eine hoffnungsvolle gute Aussicht für die eine oder andere Figur, meist aber steht dem das banale oder traurige Ende gegenüber oder auch der offene Ausgang. Die Vielfalt der einzelnen Handlungsräume sowohl in ihrer Gestalt als auch in der Wertigkeit für einzelne Menschen wird meistens nur angedeutet. Es sind dies ein bestimmtes Zimmer in einer engen oder komfortablen Wohnung eines Mietshauses, ein Verkaufsraum eines Lebensmittelgeschäfts, ein Café, ein Versammlungsraum eines Vereins, ein Büro. Eine Wohnung kann für eine Frau einmal das Gefängnis, ein anderes Mal ein befreiender Rückzugsraum sein. Erst in der allmählichen Entfaltung der Figuren werden die Räume und ihr Zueinander wichtiger. Durch die Figuren wird deutlich, daß die Straße zugleich die Rolle eines Zufallsorts in einem größeren Lebensraum spielt. Es ist eine Straße, in der die Menschen aus anderen Teilen der großen Stadt und aus der Provinz zusammenkommen und ihr Auskommen oder gar ihr Glück suchen. Die Straße der Großstadt ist der Ort des Durchgangs; das Transitorische der Moderne bildet sich auf eine kunstvolle Art ab. Diese Erzählweise fügt sich ein in die Suche nach einem neuen Realismus, wie sie mehrfach in der literarischen Diskussion des 20. Jahrhunderts stattfand und wie sie auch in der Zeit um 1930 in der »Arbeiter-Zeitung« nach dem Erscheinen der deutschen Ausgabe von Dos Passos' »Manhattan Transfer« geführt wurde.[6]

»Gelb« wird die Straße genannt, und der Romantitel enthält damit einen Symbolcharakter, der viele Bedeutungsbereiche in sich vereinigt. In einer gewissen Analogie zur Ferdinandstraße der Wiener Leopoldstadt nimmt das Gelb den vorherrschenden Farbeindruck der Geschäftsschilder und vor allem der Warenballen der Lederhändler auf. Zusätzlich verbinden sich in der Farbe Kontraste wie die von Hundekötteln und Goldstücken. Gelb verweist schließlich auch auf die traditionelle Assoziation mit Neid, Eifersucht und Zorn, auf Krankheiten zum Tod und auf das zum Leben gehörige Licht der Sonne. Merkwürdig unbestimmt bleibt in diesem Zusammenhang im letzten Teil des Romans ein gelbes Buch, das das Geld sammelnde Kind mit sich trägt.

Besonders der erste und der letzte Teil sind durch die Figuren eng miteinander verknüpft. Herr Vlk tritt jeweils dort vor allem auf, zu Beginn steht dazu der bizarre, fast tödliche Unfall der Runkel, gegen Ende dann ihr in der Erzählung tatsächlicher Tod, wozu der Kommentar geäußert wird: »Die Straße hat ihre Geschichte verloren«. Diese Korrespondenzen von Anfang und Ende gehören zu einer gewissen Geschlossenheit des Romans. Insgesamt allerdings herrscht ein anders strukturiertes Erzählen vor, das wie in einem offenen Drama von Ort zu Ort springt, aus Nebenfiguren oder sogar nur namentlich erwähnten Figuren Hauptfiguren werden läßt, diese aber auch wieder in den Hintergrund schickt. Die Nähe zum dramatischen Spiel war Veza Canetti durchaus bewußt; sie hat zwei Romanteile mühelos in Theaterstücke umformen können.

Eine eindeutige und starre Erzählperspektive kann bei der Vielfalt von Orten und Figuren, die ein gewisses Eigenleben beanspruchen, nicht durchgehalten werden. Nur gelegentlich fließt nebenbei das Ich der Erzählerin ein und äußert sich auch einmal sympathetisch, wenn von »unserer Straße« die Rede ist. Doch in der Regel gibt die Erzählerin die Perspektive und die Wertungen an eine Figur der Erzählung ab oder verwandelt sich in sie. Direkte Rede und innerer Monolog, indirekte Rede und erlebte Rede bestimmen deswegen auch den Erzählvorgang im Zusammenwirken mit dem Erzählbericht. In einer variationsreichen Sprachgestaltung ändern sich dazu Satzaufbau und Satzfolge ständig, was einen eigenen Erzählrhythmus ergibt. Lakonische oder sentenzartige Sätze – besonders am Abschluß einzelner Abschnitte und

Teile –, elliptische Formen und auch individuelle Spracheigenheiten prägen die Redeweisen. Von besonderer Kunstfertigkeit sind die unterschiedlichsten Wiederholungsformen, die Affekte verdichten und mit nur wenigen Worten verschiedenste Gefühlslagen eigenartig genau darstellen. Daß dabei auch dialektale und umgangssprachliche Eigentümlichkeiten mitwirken, versteht sich fast von selbst. In der Verbindung dieser Merkmale erhält die erzählte »Welt« der Straße schließlich eine Ähnlichkeit mit Wien. Wie in Karl Kraus' »Die letzten Tage der Menschheit« oder in Elias Canettis Roman »Die Blendung« sowie in dessen ersten veröffentlichten Dramen läßt die Erzählerin in der direkten Rede hier eine Variante der dialektal eingefärbten Umgangssprache Wiens sprechen, dort eine vom Ungarischen geprägte Weise des Deutschen. Namen und Fachwörter sind ebenfalls viele so nur in Wien oder Österreich gebräuchliche. Diese geographische und sprachliche Gebundenheit ans Österreichische mit den verschiedenen Vertretern mehrerer sozialer Schichten ist im besten Sinn volkstümlich.

Weniger die Figurenfülle als die Tatsache, daß der Roman überwiegend vom Schicksal der Mädchen und Frauen erzählt, relativiert die angedeuteten literarischen Traditionen. Freilich taucht gleich im Titel des erstenTeils »Der Unhold« noch eine Parallele zu einer Abschnittsüberschrift aus Karl Kraus' »Sittlichkeit und Kriminalität« auf,[7] auch könnten vom Mittelteil »Der Kanal« mit seinem Prostituiertenthema zu Kraus' Kampf gegen eine verlogene Moral Verbindungslinien gezogen werden;[8] hier wie dort kommt es nicht zu der in der Literatur der Zeit sonst so häufig zu findenden Hurenromantik. Doch ist der gesamte Roman von einem anderen Frauenbild geprägt, von einem weiter gefaßten, das der Frau nicht nur die Möglichkeiten von Hure und Mutter zugesteht. Das führt zunächst zu einer allgemeinen Sympathie der Erzählerin für ihre Frauengestalten. Doch weiß sie wohl zu unterscheiden; die raffinierte Brutalität, die naive Torheit oder die falsche Geduld einzelner Frauen werden deutlich gezeigt. Die Mädchenvermittlerin Hatvany erscheint als ebenso gewinnsüchtig und menschenverachtend wie die verkrüppelte Runkel, die gelähmte Besitzerin eines Seifen- und Tabakgeschäfts. Durch die Art aber, wie von dieser im Stühlchen oder im Kinderwagen thronenden Kröte erzählt wird, erhält die Figur zusätzliche, nicht eindeutig bestimmbare Züge. Daß mit ihrem grotesken Beinahetod der Roman beginnt, ist für die Atmosphäre des Ganzen nicht unwichtig. Die meisten Frauengestalten aber sind mehr oder weniger unterdrückte, mal tolpatschige, mal schlauere Dienstmädchen oder zu geduldige Ehefrauen. Die größte Nähe und die sympathischste Beziehung hat die Erzählerin schließlich zu den kleinen Mädchen im Schlußteil »Der Zwinger« und zu der jungen Bildhauerin Diana im vierten Teil »Der Tiger«. Es ist ein Roman, den so vielleicht nur eine Frau hat schreiben können.

In der eingangs erwähnten Malik-Anthologie ist von Veza Canetti unter dem Pseudonym »Veza Magd« folgende autobiographische Notiz zu lesen: »*Veza Magd,* geboren 1897 in Wien als Tochter eines Kaufmanns. An einem Privatgymnasium fand ich Anstellung als Lehrerin. Immer, wenn ich zu spät kam, zog der Direktor bedeutungsvoll die Uhr, sagte aber nichts. In vier Jahren hatten wir die Schule heruntergewirtschaftet, seitdem Stundengeben und Übersetzungen. Mein erstes Buch war ein Kaspar-Hauser-Roman, und ich schickte ihn begeistert einem großen Schriftsteller. Der war so klug, mich so lange auf die Antwort warten zu lassen, bis ich sie mir selber gab. Seither veröffentlichte ich Erzählungen und den Roman ›Die Genießer‹ in der deutschen und österreichischen Arbeiterpresse.«[9] Diese kurze Selbstdarstellung sagt wenig und viel zugleich. Auch scheint nicht alles so zu stimmen. Veza Canettis vollständiger Mädchenname ist Venetiana Taubner-Calderon; schon früh wurde sie Veza genannt. Im englischen Exil unterschrieb sie Briefe häufig mit »Venetia«. Väterlicherseits stammt ihre Familie von ungarischen Juden ab, von der Seite der Mutter aus einer Familie spaniolischer Juden Bosniens. Sie absolvierte das Abitur, studierte danach nicht, sondern bildete sich selbst fort, vor allem bis zu einer ziemlich perfekten Beherrschung der englischen Sprache. Über eine regelrechte Anstellung als Lehrerin ist nichts bekannt, doch gab sie Englischunterricht für Privatpersonen. Bei der Abfassung der autobiographischen Notiz mag zu diesen und anderen Punkten vielleicht Wieland Herzfelde etwas flunkernd eingegriffen haben.

Veza Canettis Hauptinteresse galt den Großen der englischen, französischen, russischen und deutschen Literatur. Sie muß dabei eine ganz eigene Zugangsweise und Kenntnis entwickelt haben. Ich stelle sie mir als eine sensible Literatin vor, die ihre Souveränität im Umgang mit Dichtung kannte und die sich aus der Geschwätzigkeit des Literaturbetriebs und der geselligen Zirkel herauszuhalten verstand. Elias Canetti beschreibt in »Die Fackel im Ohr« ihre Unabhängigkeit etwa gegenüber Karl Kraus, aber auch innerhalb der eigenen Familie. Der Kampf um das eigne Zimmer nimmt in der Tat vorweg, was Virginia Woolf 1928 in »A Room of One's Own« dargestellt hat.[10]

Die beiden in der autobiographischen Notiz erwähnten Romane sind verschollen. »Die Ge-

nießer« sollten wohl 1933 oder 1934 in der »Arbeiter-Zeitung« erscheinen, doch kam es nicht mehr
dazu. Mit der Niederlage des Austromarxismus im
Februar 1934 und der Festigung des überaus kon-
servativen christlichen und in der Tendenz zuneh-
mend faschistischen Ständestaats war an eine Pu-
blikation der Arbeiten nicht mehr zu denken. Veza
Canetti blickte zurück auf die Situation um 1933 in
einem Brief an Rudolf Hartung, dem sie 1950
schrieb: »Ich selbst bin Sozialistin und schrieb in
Wien für die Arbeiter-Zeitung unter drei Pseud-
onymen, weil der sehr liebe Dr. König, der wieder
eingesetzt ist, mir bärbeissig klarmachte ›bei dem
latenten Antisemitismus kann man von einer Jüdin
nicht so viele Geschichten und Romane bringen,
und Ihre sind leider die besten‹.«[11] Die zitierte
Formulierung vom »latenten Antisemitismus«
wird sich wohl weder auf den engeren Kreis der
Mitarbeiter in der »Arbeiter-Zeitung« noch auf die
Führung der österreichischen Sozialdemokratie
beziehen als wahrscheinlicher auf einen Teil des
potentiellen Wiener Lesepublikums dieser Zeitung. Die Wahl mehrerer Pseudonyme war für
Veza Canetti offensichtlich nötig. Mit »Veza
Magd« fand sie ihren ersten und wichtigsten Auto-
rinnennamen, absichtsvoll ihr Selbstverständnis als
Schriftstellerin aussprechend. Unter »Martha Mur-
ner« erschien dann der Abschnitt »Der Kanal« in

der »Arbeiter-Zeitung«. Schließlich zeichnete sie zusätzlich mit »Veronika Knecht«; unter diesem Verstecknamen veröffentlichte Wieland Herzfelde in seiner Prager Exilzeitschrift »Neue deutsche Blätter« 1934 die Kurzerzählung »Drei Helden und eine Frau«.[12] Seit diesem Zeitpunkt ist vermutlich keine eigene Arbeit von Veza Canetti mehr gedruckt worden. Nach dem Zweiten Weltkrieg veranstaltete Ernst Schönwiese eine Lesung ihrer Erzählung »Der Seher«. Als »Veza Magd« war sie ferner übersetzend tätig; in dieser Funktion einzig taucht ihr Pseudonym heute in den deutschsprachigen Bibliothekskatalogen auf. Sie übersetzte Graham Greenes »Die Kraft und die Herrlichkeit«, und als Übersetzerin dieses Romans wird sie gelegentlich in einer Rezension gewürdigt.[13]

Doch eine Fortsetzung der Veröffentlichungen, die 1932 so vielversprechend begannen, kam bisher nicht zustande. Es fragte leider niemand nach ihren Arbeiten, und sie selbst anzubieten, war sie wohl zu stolz und von den Grausamkeiten, die in Deutschland und Österreich begangen wurden, zu sehr geschwächt. Mehr als das zarte Anklopfen wie im zitierten Brief an Rudolf Hartung, dem sie von ihren Arbeiten schrieb, war ihr nicht möglich. Und als 1983 die Anthologie »Dreißig neue Erzähler des neuen Deutschland« nachgedruckt wurde, gehörte »Veza Magd« zu den Autorinnen und Autoren, über die die Herausgeberin nichts erfahren konnte.[14] Um so erfreulicher, daß es heute möglich ist, die vergessene Schriftstellerin Veza Canetti wieder ins Bewußtsein der Öffentlichkeit zu bringen. Mit dem Roman »Die Gelbe Straße« erscheint nun das erste Mal vollständig und zusammenhängend ein faszinierendes Erzählwerk von ganz eigener Art.

Inhalt

1 Vgl. Theodor Storm's Sämtliche Werke. Neue Ausgabe in acht Bänden. 7. Aufl., 1. Band, Braunschweig 1902, S. 39-52.

2 Vgl. Dreißig neue Erzähler des neuen Deutschland. Junge deutsche Prosa. Hg. u. eingel. v. Wieland Herzfelde. Berlin 1932, S. 102.

3 Vgl. Joseph Roth, Werke. Neue erw. Ausg. hg. und eingel. v. Hermann Kesten. 1. Band, (Köln) 1975, S. 981.

4 Arbeiter-Zeitung v. 25. 12. 1932, S. 19. Die entsprechenden Kopien schickte mir Eckart Früh von der Dokumentation der Wiener Arbeiterkammer. Ich bin ihm dafür und für weitere Hinweise dankbar.

5 Arbeiter-Zeitung v. 5. 3. 1933, S. 17.

6 Vgl. dazu Alfred Pfoser, Austromarxistische Literaturtheorie. In: Klaus Amann u. Albert Berger (Hrsg.), Österreichische Literatur der dreißiger Jahre. Ideologische Verhältnisse, Institutionelle Voraussetzungen, Fallstudien. Wien, Köln, Graz 1985, S. 42-59, besonders die dort dargestellte Realismusdebatte mit dem Hinweis auf »Manhattan Transfer« und die Ausführungen von und zu Ernst Fischer.

7 Vgl. Karl Kraus, Schriften. Hg. v. Christian Wagenknecht. 1. Band: Sittlichkeit und Kriminalität, Frankfurt a. M. 1987 (= Suhrkamp Taschenbuch 1311), S. 42.

8 Vgl. ebd. 2. Band: Die chinesische Mauer (= Suhrkamp Taschenbuch 1312), S. 9 f.

9 Vgl. Anm. 2, S. 761.

10 Vgl. Elias Canetti, Die Fackel im Ohr, wie Anm. 7. Dazu Virginia Woolf, Ein Zimmer für sich allein . . . Frankfurt a. M. 1981 (= Fischer Taschenbuch 2116).

11 Brief vom 5. März 1950 in den Materialien des Weismann Verlags, die sich im Marbacher Literaturarchiv befinden. Hartung war damals Lektor im Weismann Verlag.

12 Neue deutsche Blätter, 2. Halbjahr des 1. Jahrgangs, März 1934-September 1934, Heft 10, S. 607 ff. Die Erzählung ist dort abgedruckt unter der Rubrik »Die Stimme aus Deutschland und Österreich«.

13 Vgl. Das Silberboot, Zs. f. Literatur, hg. v. Ernst Schönwiese, III. Jahrgang, 1947, Heft 8, S. 446 f. Die Besprechung der deutschen Ausgabe von Graham Greens Roman schrieb Ilse Leitenberger.

14 Wie Anm. 2, mit einem Vorwort v. Bärbel Schrader (S. 5-17). Das Röderberg Taschenbuch 110 ist die Übernahme der Ausgabe Leipzig (Reclam) 1983.